Die Jahre 1981–1982: Gut geklaut ist halb gebaut

Sternstunden des DDR-Humors

1981–1982

Gut geklaut ist halb gebaut

Eulenspiegel

Inhalt

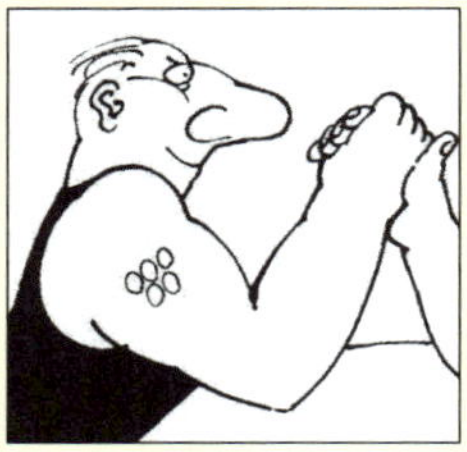

Eulenspiegeleien
Qualität!

Uns vereint gleicher Sinn, gleiche Wut ...

war in Abwandlung des Weltjugendliedes unsere gemeinsame Losung, wenn ich mich Anfang der achtziger Jahre mit Peter Ensikat zum Schreiben traf. Unsere Wut war groß: unsere Wut, daß zwischen unserem einstigen Glauben an eine gerechtere Gesellschaft und dem »real existierenden Sozialismus« so ein großes Niemandsland lag. Die Wut gebar zornige Kabarett-Texte. Und wenn ich die heute lese, wundere ich mich, daß sie damals auf die Bühen kommen konnten: Texte, die (wie der »Eulenspiegel« schrieb) »den vormundschaftlichen Staat mitten ins Herz trafen«. Es gab Verbote, es gab zu jedem Text seitenlange Stasiprotokolle, es gab bei den »Abnahmen« Diskussionen um Pointen, die heute nur noch lächerlich scheinen. Aber – auch wenn es nicht in den Zeitgeist paßt, dies heute zu sagen – es gab auch Funktionäre, die die Hand schützend über uns hielten. So konnte es passieren, daß dem Auftrittsverbot ein Orden folgte, und man war ganz schnell »Widerstandskämpfer mit hohen staatlichen Auszeichnungen«. Was die Autoren des »Eulenspiegel«, die auch in diesem Band versammelt sind, damals veröffentlichten, ist heute in den Archiven noch nachzulesen. Aber von den damals gespielten Kabarett-Texten wurden im Osten höchstens mal ein paar lustige Szenchen veröffentlicht. Und für den Westen war Kabarett hinter der Mauer offensichtlich so uninteressant, daß sich in einem vom Mainzer Kabarettarchiv 1981 herausgegebenen Band »80 Jahre deutsches Kabarett« zwar ein Anhang über »Kabarett in der UdSSR und CSSR« befindet, aber im ganzen Band kein Wort über Kabarett in der DDR zu lesen ist. »Obwohl sie nicht ganz verbergen konnten, daß sie aus dem Osten kommen, erreichten sie doch westdeutsches Spitzenniveau.« Das klang so wie: Obwohl sie aus dem Osten kommen, sah man ihnen ihre Behinderung nicht an. Das Zitat stammt aus einer westdeutschen Zeitschrift über ein Gastspiel der Dresdner »Herkuleskeule«. Nicht in den achtziger Jahren. Sondern 2003. Umso löblicher, daß in diesen »Sternstunden« auch Kabarett-Texte aus dem fernen nahen Osten Aufnahme finden.

Wolfgang Schaller

»Hübsches Häuschen!«
»Kein Wunder, sie hat jahrelang in einer Keksfabrik gearbeitet.«

1. Kapitel

Gut geklaut ist halb gebaut

»Der Baulöwe« mit Rolf Herricht, der DEFA-Film aus dem Jahr 1980, erzählt, wie es einem Häusle-Bauer in der DDR erging. Denn den **Traum von den eigenen vier Wänden** träumte auch hier so mancher. Vorsichtshalber hatte man in einer Richtlinie über den privaten Wohnungsbau festgehalten, daß selbiger »mit der weiteren Entfaltung der sozialistischen Lebensweise voll vereinbar« sei. Wer also bauen wollte, hatte den Segen der Partei. Nur: Was nützte der? Wer alle Genehmigungen und das nötige Geld in der Tasche hatte, stand vor der unlösbaren **Materialfrage**: Woher nehmen? Und mancher trieb die Frage weiter: Woher nehmen, wenn nicht stehlen? Also wurde von Großbaustellen und Lagern umgeleitet, der Tausch und Handel mit Baustoffen florierte. Es fehlte auch an Handwerkern, und ohne Beziehungen und »blaue Fliesen« (den Hundertmarkschein West) dümpelte mancher Bau vor sich hin. Aber bekanntlich entwickelte sich ja das DDR-Volk zu einem Volk von Heimwerkern, und so gab es rege Bautätigkeit – vor allem in Datschensiedlungen und auf Wochenendgrundstücken und, nicht nur, wie Ernst Röhl schreibt, bei der **noch hundertprozentigeren Erfüllung** unseres Wohnungsbauprogramms.

Jochen Petersdorf

Rotkäppchen im Wohlstand

»Eh, Mutter!« sagte das Rotkäppchen zur Mutter, »weißte schon das Neueste? – Der Froschkönig hat sich 'n Wassergrundstück hingeklotzt, da faulste ab!«
»Drück dich bitte nicht so ordinär aus!« sagte die Mutter. »Außerdem siehste nich durch! Warum hat der Frosch so ein herrliches Grundstück, hä? Weil er die olle Seekuh geheiratet hat. Und die ist die Tochter vom Wassermann. Der Wassermann aber ist der Schwager vom eisernen Holzfäller, und der eiserne Holzfäller ist befreundet mit dem großen, grünen Steinbeißer. – Nun weißt du alles!«
»Leider nicht«, sagte Rotkäppchen.

Möchtest du ein Autogramm haben, fragte der Wolf das Rotkäppchen.

»Armes, weltfremdes Kind«, meinte die Mutter. »Also paß auf. Die Sache ist doch ganz einfach: Der Wassermann besorgt ein schönes Stück Uferstreifen. Der eiserne Holzfäller besorgt Bohlen und Bretter. Der große, grüne Steinbeißer besorgt Platten und Kacheln – und fertig ist die Laube! Beziehungen sind alles, verstehste?«
»Ja«, sagte Rotkäppchen, aber es verstand eigentlich nur Bahnhof. Deshalb fragte es auch: »Und warum hat unser liebes Großmütterchen immer noch Außentoilette?«
»Weil sie im Wald wohnt, unter Denkmalschutz steht und nicht hexen kann.«
Nach einem Gedankenstrich sagte die Mutter: »Übrigens, die liebe Omi hat für uns Kuchen gebacken und Hagebuttenwein gemacht. Du sollst vorbeikommen und das Zeug abholen. Vorhin hat sie angerufen.«
»Wieso hat die Oma plötzlich Telefon?«
»Weil sie früher mal ein Verhältnis mit dem Postillon von Longschimoh hatte. Der Postillon ist zwar schon lange in Rente, aber er singt noch im Senioren-Chor der Rohrpost. Er ist da sogar in der Leitung. Und da hat die Omi eben die Leitung angezapft.«
»Wie hat sie das gemacht?«
»Sie hat den Hirsch Heinrich geschlachtet und den ganzen Chor zum Wildgulasch eingeladen. Das hat denen geschmeckt, und seitdem hat die Oma Telefon. So, nun geh endlich los und hüte dich vor dem bösen Wolf.«
Der Wald begann gleich hinter der Stadt und sah auch so aus. Aber zwischen den Sofas, Autoreifen und Nachttöpfen wuch-

sen auch Bäume. An einem Baum lehnte der Wolf. Er las die Tageszeitung und kicherte dabei vor sich hin. Damit wollte er die Vorbeikommenden täuschen. Über seinen Charakter und über den der Zeitung.
Das Rotkäppchen sagte freundlich: »Guten Tag. Du bist der Wolf, gelle?«
»Der bin ich. Möchtest du ein Autogramm?«
Der Wolf hatte nämlich kürzlich in dem Fernsehkrimi »Hühnermord in Wolfen« mitgewirkt, und seitdem freute er sich immer, wenn er auf der Straße erkannt wurde.
Er gab dem Rotkäppchen ein Starfoto. Auf dem Foto trug er ein prächtiges Showkostüm und einen hühnereigroßen Edelstein an der Pfote.
»Ein schöner Stein!« rief die Kleine. »Der muß ja ein Vermögen wert sein.«
»Stimmt«, sagte der Wolf, »ich hab ihn dem Rumpelstilzchen abgehandelt. Der wollte meine Höhle. Er will sich 'ne Kellerbar einrichten, damit er auch mal ein paar wichtige Leute einladen kann.«
»Was sind wichtige Leute?«
»Das sind Typen, die nicht fragen ›Haben Sie?‹, sondern ›Brauchen Sie?‹«
»Typen gibt's«, sagte Rotkäppchen erstaunt und fuhr fort: »So, nun muß ich aber zum lieben Großmütterchen.«
»Oh, wie interessant«, rief der Wolf. »Hat die gute Dame eigentlich immer noch die alte, buntbemalte Bauerntruhe mit den Messingbeschlägen?«
»Jaja, aber da ist der Wurm drin.«
»Na prima«, sagte der Wolf, »der bringt ja die Kohlen. Kamm on, lets go tu Omi!«
Die Großmutter saß vor der Tür in der Abendsonne und knübberte aus alten Schnürsenkeln und Tannenzapfen modische Halsketten.
»Schau, schau«, sagte der Wolf. »Die Olle weiß, was Mäuse bringt.«
Dann strich er mit der Pfote lässig über die Bauerntruhe und sagte so nebenbei: »Morsche Bretter, weiter nüscht. Aber ich kenne einen Doofen, der würde dafür 'ne Tiefkühltruhe locker machen.«

Das Wohnungsbauprogramm 1981: »Gebt mal das Teil rüber – vier von der Sorte, und meine Datsche steht.«

»Ich brauch keine«, sagte die Oma. »Ich hänge meine Weihnachtsgans zum Fenster raus.«
»Das hat mir der Fuchs auch schon erzählt«, brüllte der Wolf und lachte sich scheckig. Der zufällig des Weges kommende alte Oberförster hielt den scheckigen Wolf für eine Tüpfel-Hyäne und drückte ab.
»Das war ein Meisterschuß!« rief er triumphierend.
Der Wolf hatte keine Gegenargumente und verschied.
Da fiel es dem Oberförster wie Schuppen von den Augen. »Ich blöder Hund!« schrie er. »Das war ja der Wolf. Was bin ich doch für ein Trottel!«
Die Oma und Rotkäppchen schauten ihn fragend an.
»Weil ich nun bei Frosteinbruch alt aussehe«, sagte der Grünrock. »Dieser nette Bursche hier wollte mir ganz billig einen herrlichen Schafspelz besorgen!«

Anekdote aus dem Gerichtssaal

Als neulich die Verhandlung gegen den stellvertretenden Lagerleiter des bezirksgeleiteten Baubetriebes »Hochhinaus«, Zweigwerk 7, Außenstelle 3, stattfand, den wir hier Paul nennen wollen, wurde auch der Bürger Friedrich Bollenknolle vernommen.
Lagerleiter Paul, der, wenn er nicht gerade trank, gut arbeitete, war beschuldigt, für das Verschwinden von drei Tonnen Zement, 12 Fensterrahmen (eloxiert), 28 Quadratmetern Thermoglas, 72 gespundeten Brettern und zwei Betonmischern verantwortlich zu sein.
Auf die Frage des Richters, ob er, der Zeuge und Bürger Bollenknolle, mit dem Angeklagten verwandt oder verschwägert sei, antwortete Bollenknolle ziemlich traurig: »Leider nicht.«

»Und was machste, wennde mit deine Baugrube fertig bist?« »Dann fluktuier' ich zum Baustoffkombinat ›Roter Lehm‹, Ziegelsteine fahren.«

Karl-Heinz Weißer

Clemens hat keine Ahnung

Angesichts der unschönen Tatsache, daß sich der Materialverwalter unheimlich über die von der Drei aufgeregt hat, weil sie innerhalb eines Jahres nun schon die achte Werkzeugausrüstung bestellt haben, und daß Clemens, ebenfalls von der Drei, bei einer überraschenden Taschenkontrolle mit sechs Pfund werkseigenen Schrauben entdeckt worden ist, will ich nun einmal kurz aufzeigen, wie wir von der Vier es machen.
Es ist natürlich Quatsch, ins Lager zu rennen und zu sagen: »Unser Werkzeug ist schon wieder weg, wir brauchen neues.«
Wenn laufend das Werkzeug verschwindet, dann riecht doch jeder hundert Meter gegen den Wind, daß die Kollegen sich den Kram unter die Nägel reißen, nicht wahr.
Also, sagen wir mal, ich brauche – selbstverständlich nur, um die Kommunale Wohnungsverwaltung zu entlasten – für meine heimischen Reparaturarbeiten eine Bohrmaschine. Dann werde ich mir doch nicht die erste schlechte, womöglich gebrauchte einstecken und wie ein Dieb aus dem Werk schleichen. Erstens benötigt man für zu Hause wirklich was Solides, zweitens, siehe Clemens, kann das schiefgehen. Nein, so was mache ich ganz anders.

»Ach du bist's, Kollege! Ich dachte schon, ich hätt 'nen Dieb erwischt.«

Ich suche mir von den neuen Bohrmaschinen die beste aus, klemme einen Kontakt ab, gehe zum Materialverwalter und sage ihm: »Mensch«, sage ich, »guck dir das an: nagelneue Maschine und schon kaputt; aber eh du mir eine andere gibst, will ich erst beim Elektriker nachfragen, ob er das Ding vielleicht noch mal in Gang bringt.«
Für so was hat der Verwalter natürlich feine Ohren. So was gefällt ihm. Er denkt sich: Der ist in Ordnung, der Junge. Der versucht wenigstens, den Verschleiß in Grenzen zu halten.
Innerlich ist er schon bereit, mir eine neue Maschine zu geben, und er kommt sich fast wie ein Schwein vor, wenn er sich trotzdem durchringt, zu mir zu sagen: »Gut, versuch, ob da noch was zu machen ist.«

Ich gehe zum Elektriker, zu Alfred, der neulich den guten Eisenkleber von mir gekriegt hat, zwinkere mit dem rechten Auge, sage: »Versuch mal, ob du die Kiste wieder hinkriegst. Aber es wird schwierig sein, verstehst du?«

»Hm«, sagt dann Alfred, schraubt das Gehäuse ab, guckt rein, sieht den abgeklemmten Draht, blinzelt, daß er kapiert hat, hängt sich an die Strippe und verlangt das Materiallager. »Hört mal«, brummt er, »ihr schickt mir 'nen zwofünfunddreißig, da ist der Anker kaputt, die Lager auch, das Getriebe ist im Eimer. Was soll ich'n da reparieren? Ich meine, ich machs, aber das kommt uns ja wesentlich teurer als ...«

»Dachte ich mir schon«, unterbricht ihn der Materialfritze, »dann isses wohl besser ...«

Ich nehme die Bohrmaschine gegen Quittung!

»Tja, besser, das mußt du wissen«, sagt Alfred und blinkert, daß alles planmäßig läuft. »Ich sage nur, die Reparatur wird teurer als 'ne neue Maschine.«

Na, und so weiter, bis ich schließlich wieder beim Materialverwalter lande, der mir eine neue Bohrmaschine gibt, die alte abschreibt, sich bei mir entschuldigt, weil er mich erst bis zur E-Werkstatt gehetzt hat, und fragt, ob ich auch noch so gut sein wollte, die Maschine gleich auf den Schrott zu werfen. Und nun setze ich ein.

»Karl«, sage ich, »in der Beziehung habe ich mal 'ne riesengroße Bitte. Wärs möglich, daß ich dir die sieben Pfennje Schrottpreis für die Maschine, natürlich ordnungsgemäß gegen Quittung, damit du gesichert bist, gebe und das kaputte Ding für meine Kinder mitnehme? Du weißt doch, die Kleinen spielen gern mit so 'nem Elektrozeugs.«

»Mensch«, sagt Karl, während er Quittung und Passierschein ausschreibt, und ich sehe genau, daß er vor Rührung fast anfängt zu heulen. »Wenn alle so wären wie ihr von der Vier, weißt du, dann hätten wir keine Sorgen mehr.«

Ich lasse noch irgendeinen Satz ab wie »Schon gut« oder »Keine Ursache« oder so was, und um vier marschiere ich ganz offiziell mit einer verschrotteten Maschine durchs Werktor.

Meine Kinder freuen sich natürlich riesig.

Und keiner wird es mir je übelnehmen, wenn ich mit ihrem Spielzeug ab und an ein Loch in die Wand bohre.

C. U. Wiesner

Frisör Kleinekorte als Bauexperte

Nehmse Platz, Herr Jeheimrat! Was jibts Neues aufm Bau? Wieder Nachtschicht gehabt? Ach so, immer noch mits Auswerten vonne Baukonferenz beschäftigt. Darum sehnse auch so übernächtigt aus. So ville Wissenschaft auf einmal kann ja 'n einzelner jar nich vertragen. Dis wird ja von Jahr zu Jahr schlümmer. Wenn Se nächstens Vater werden wollen, jeht dis nich mehr im Dustern wie bei uns früher, nein, da brauchense doch Licht, damit Se sich zwischendurch Ihre wissenschaftliche Jebrauchsanweisung vom Nachttisch langen könne. Sehnse, und jenauso isses heut aufm Bau. Und da brauchense sich nich wundern, wenn die jungen Menschen nich mehr Maurer lernen wollen. Wie jerne macht son Dreikäsehoch Eierpampe, und was bleibt nachher inne Lehre von die kindlichen Illuzionen übrig? Da dürfense Kalk nur noch wissenschaftlich einrühren.
Früher, dis muß so – wattense mal – um neunzehnhundert rum jewesen sind, wie mein Bruder Maurer lernte, da war dis Mauern noch ein reelles Handwerk. Brauchense sich bloß mal die Häuser aus die Zeit ankucken. Da war noch so was wie deutsche Seele drin. Wenn Se vor sone Fassade stehn, denn denkense sofort an den jotischen Menschen, an Richard Wagnern und brausenden Orjeklang. Und wenn Se in Zukunft nich eher bei mir zum Verschönern kommen, wird man Ihnen noch als Jammler wechfangen, abr dis nur nebenbei. Sehnse, in unsre Jejend läßt die Partei nächstens die janzen schönen Fassaden runterkloppen und alles neumodisch verputzen, bloß weil es ihnen an Kaiser Willem erinnert und schon 'n bißken bröcklig war. Und dabei hat mein Bruder hier in diese Straße als Stift anjefangen, aber vor so was ham ja diese Leute nich ne Spur von Pinetät. Was mein Bruder war, der wurde bei sein Maurermeister wie sein eigen Fleisch und Blut jehalten und brauchte dis erste Jahr nich ein einzigen Ziegel anfassen, bloß den Ofen heizen, Karnickel ausmisten und Teppiche klopfen. Nur 'n kleiner Kratzer, weil unsere Messer nischt taugen. Ick jeh gleich mal mit mein West-Blutstiller rüber. Was die da drüben bauen, is ja einfach bombastisch. Denkense bloß an den jroßen westdeutschen Architekten Courvoisier!
Wo war ick denn stehnjeblieben? Ach ja, inne Kaiserzeit. Können Sie sich vorstellen, deß sone prächtigen Bauwerke wie der

Das Hotel Merkur in Leipzig wird von den Japanern gebaut. Gegenüber befindet sich eine Baustelle des volkseigenen Baukombinats. Jeden Morgen bei Baubeginn verbeugen sich die Japaner zu den deutschen Bauarbeitern. Dem Oberbauleiter wird das nach einigen Tagen unheimlich, er schickt den Bauleiter zu den Japanern, um die Gründe zu erfragen. Der kommt zurück mit der Nachricht: »Die Japaner möchten sich entschuldigen, daß sie den Bummelstreik nicht mitmachen.«

berühmte Berliner Dom zustande jekommen wären, wenn man damals auch schon so scheußlich unromantisch jedacht hätte? Abr dis Schöne is ja, desses heute auch noch einzelne Baumeisters jibt, die mit schöne Ordnamente gejen den funktionären Baustil anstinken. Und sone Künstler muß man unter den Armen greifen, sag ick mir. Sehnse sich mal mein Kachelofen an. Den muß ick jetzt abreißen lassen, weil er nicht mehr zieht. Aber die schöne Majolikagruppe mit die müstologischen Darstellungen und die nackichten Weiber mang die Kacheln werd ick irgendeinem Architekten vermachen. Denn brauch er sich wenigstens keine eigenen Verzierungen abbrechen, wenn er ne Poliklinik oder ne Molkerei baut.

Nehmse mal den Kopp 'n bißken runter! Nu bin ick ja in diese Fragen kein feuriger Hase, sondern seit dies Jahr selber son Stücke Bauunternehmer. Klapproth müssense doch kennen? Der arbeitet als Maurer bei die Bau-Union, und der hat mir eine neue massive Laube hochjezogen und schlüsselfertig ausjebaut. Wenn ick heute inne Zeitung von Matrijalschwierigkeiten lese – alles Quatsch. Müssense sich bloß richtig drum kümmern. Bei mir hat Klapproth alles von sein Betrieb mitjeliefert. Hat mir natürlich ne Kleinigkeit jekostet – ville mehr sojar, wie Klapproth bei seine erste Projektion ausballangsiert hatte. Aber er meint ja, bei die volkseigene Bauerei isses ähnlich. Nun brachte er abends immer 'n Sack Zement oder Kalk auf sein Motorrad mit, und 'n paar Mal ham wa zusammen 'n Handwagen voll anjestoßne Ziegel jeholt. Mit lange Finger hat dis nischt zu tun. Klapproth sagt nämlich, der Krempel verjammelt doch bloß auf die Baustellen. Und nu steh ick selber da mitn Berg nassen Zement und 'n Haufen Kalk mang meine Rosenbeete. Klapproth meint ja, man braucht beim Bauen immer mehr Matrijal, wie man zum Bauen wirklich brauchen tut. Mit dem Bier, was dem Kerrel auf meine Kosten jetrunken hat, wars jenauso: Dis war immer 'n bißken zu ville, und wenn ick nich aufjepaßt hätte, denn hätter beinah die Wasserwaage mit einjemauert. Und mit die Termine hat er mir auch anjeschissen. Im Juni wollte er fertig sein, und im Aujust war erst Richtfest. Aber der Mann hat ebent keine Disseplin. Manchmal kam er ne janze Woche jar nich bei mir, weil se ihm sonst auf seine Baustelle rausjeschmissen hätten. Na schöm, meine neue Willa Sangzussi steht nu endlich. Bloß die Türen klemmen, und wenns mal doll regnet, kriegense ne feuchte Glatze. Soll ick Ihnen etwas Birkenhaarwasser draufmachen?

Manchmal kam er ne janze Woche jar nich bei mir, weil se ihm sonst auf seine Baustelle rausjeschmissen hätten.

Janz so, wie icks wollte, isses ja nich jeworden. Mir schwebte mehr son kleiner Bummerloh vor, mit 'n Schambre separee und 'n Schwimming-Paul hinterm Hühnerstall. Und nu sieht der Kasten auch nich ville anders aus wie Fleischer Meuseln seine Garage, die ihm Klapproth gebaut hat. Wenn ick als Bauherr meine indiwellen Wünsche äußerte, sagte er immer, er kann bloß die eine Type und damit basta. Und seit jestern is er nu bei mein Jartennachbarn und kleckst den haarjenau dieselbe Laube hin, und ick weiß jetz schon, an welche Stellen es da durchregnet. Stellense sich mal vor, wie dis in zwanzig Jahre auf unsere Kolonie aussehen täte, wenn der immer so weiterbaut! Zum Glück isser bloß einer und hat nich so ville freie Kaprizität. Nu hab ick mir neulich Farbe besorgt und zu Muttern jesagt: Bevor der Frost kommt und die Erdbeeren zujedeckt werden müssen, streich ick unsere neue Laube eigenhändig an, und zwar rot und blau kariert, damit se sich wenigstens 'n bißken von mein Nachbar seine unterscheidet. Wollense noch Pomade reinhaben?

Hans Krause

Bekanntschaften

»Es stand im Betrieb so sinnlos rum.«

Ich kannte 'nen Herrn aus Zossen,
der wußte so herrliche Glossen.
Und gab er vor Gästen
die schärfsten zum besten,
dann lachten sogar die Genossen.

Ich kannte 'nen Herrn aus Zeesen,
der tat für sein Leben gern lesen.
Doch eh ichs vergesse,
er las auch die Presse.
Jetzt redet er nur noch in Thesen.

Ich kannte 'nen Herrn aus Grimma.
Der Ärmste war leider kein Schwimmer.
Da flog ihm zu Hause
der Hahn von der Brause
– der Installateur lebt noch immer.

Ich kannte 'nen Herrn aus Bad Berka,
dem fehlten zum Bauen paar Märker.
Doch gleich um die Ecke
entstanden drei Blöcke.
Jetzt hat er ein Häuschen mit Erker.

Der Baulöwe

Der DEFA-Film »Der Baulöwe«, der 1980 in die Kinos kommt, ist der letzte Film, den Rolf Herricht dreht. 1981 stirbt der Schauspieler. Hier brilliert er noch einmal in einer Rolle, die ihm auf den Leib geschrieben ist. Als Unterhaltungskünstler Ralf Keul muß er sein Pachtgrundstück an der Ostsee bebauen, weil es sonst anderweitig vergeben wird. Seine Frau (Annekathrin Bürger) und seine Töchter sind begeistert, obwohl die Warnungen nicht ausbleiben: »Wer baut, kann nicht mehr lachen – außer den Maurern.« Keul ahnt nicht, welche Schwierigkeiten bei der Beschaffung von Material und Handwerkern auf ihn zukommen. »Ein hausbauender Laie ist höher belastet als ein Testpilot.«

Rolf Herricht als Baulöwe wartet auf Baustofflieferung.

Noch reimt er fröhlich vor sich hin: »Bauen macht mehr Spaß als Frauen.«

Daß es ein teurer Spaß wird, merkt er allerdings bald. Aber Spaß muß sein, lautet seine Devise. Also legt er »für jedes Steinchen ein Scheinchen«, denn der »wichtigste Baustoff ist immer noch Geld«. Unermüdlich fährt er durchs Land, wird von der Berliner Baustoffversorgung an die Ostsee verwiesen, von der

Ostsee zurück nach Berlin. Er läßt seinen Charme spielen: »Wie sieht es mit Wandfliesen aus?« – »Nicht rosig.« – »Blaue oder weiße würden auch gehen.« Er beschafft und transportiert, plant und legt selbst Hand am Bau an. Vor allem soll sein Wochenendhaus auf ehrliche Weise errichtet werden. Er weiß ja auch, wie's läuft: »Wenn man aus den Häusern alles rausbauen wollte, was nicht mit rechten Dingen zuging, das wäre ein Krach und Getöse.« Andere sehen das gelassener. »Gibt es Steine?« fragt Keul die Maurer der Feierabendbrigade. »Hat nicht geklappt!« – »Gab's keine Steine?« – »Doch, massenhaft, aber bei uns aufm Bau gibt es jetzt einen Nachtwächter.« Einige Tage darauf: »Ich habe Steine.« Seine Maurer: »Wir auch.« – »Woher denn?« – »Der Nachtwächter ist krank geworden.« Die Schwiegermutter (Agnes Kraus) kommentiert geringschätzig: »Mein Schwiegersohn ist zum Klauen zu doof.«

Doch Ende gut, alles gut – das Wochenendhaus der Famile Keul steht und wird – so will es der Erbauer – »ausschließlich Erholungszwecken dienen«.

Schon fallen Verwandte, Freunde, Kollegen mit Kind und Kegel ein. Ein paar Tage ruhigen und erholsamen Urlaub an der Ostsee wird ihnen der freundliche Herr Keul doch nicht verwehren.

Auch seine Baustelle muß gesichert werden. – Ob es hilft?

Jochen Petersdorf

Haus am See

Einen schönen See haben sie in Holpershagen. Und groß ist er auch. Er ist so groß, da könnte theoretisch der ganze Kreis und eventuell noch der Rat der Bezirkes drin baden gehen. Wie gesagt, theoretisch nur. Denn praktisch wäre das mit erheblichen Schwierigkeiten verbunden. Man kommt schlecht ans Wasser. Denn der See ist fast rundherum zugebaut. Mit sogenannten Grundstücken. Nur ein 500 Meter langer Uferstreifen ist noch offen und somit der Allgemeinheit zugänglich. An feuchtkalten Dezembertagen reichen diese 500 Meter natürlich prima aus. Denn da tritt die Allgemeinheit nur in Gestalt einzelner grippefester und wasserdichter Typen auf. Aber wenn die liebe Sommersonne lacht und der See lächelt, dann nimmt die Allgemeinheit Massencharakter an, und da sind selbst Stehplätze an diesem letzten Ufer eine Art Großgrundbesitz. Die Besitzer von Datschen, Klitschen und ähnlicher eingezäunter Landschaft sind natürlich besser dran. Da ist Frau Lehmann höchstens der Bikini zu eng. Aber sonst hat sie schönen Spielraum. Und warum soll sie auch nicht. Wir wollen hier nicht Neid und Mißgunst aufkommen lassen. Oder gar das Gespenst der vielstrapazierten, reichen Klempnermeistersgattin an die Wand malen. Warum soll nicht einer etwas haben, wenn er das Zeug dazu hat oder wußte, wo er's kriegen kann. Darum geht es in unserm Fall auch gar nicht. Denn die erwähnte dralle Frau Lehmann hat keinen Gatten, der aus Blech einen goldenen Pavillon zusammengeklempnert hat, und der schmucke Bungalow, vor dem sie sitzt, ist ein volkseigenes Bauwerk. Und es nennt sich: »Schulungsheim des VEB Pfeifenschnitzmesserwerk Krummbergshübel am Rennweg.«

Der Bürgermeister gab einen Tip, weil die Kollegen einen hübschen Standort für ein hübsches Gebäude mit Zugang zum Wasser suchten.

Nun könnte jemand fragen, warum denn die Krummbergshübeler nicht in Krummbergshübel am Rennweg schulen, sondern im weitentfernten Holpershagen in der Mark? Die Frage ist berechtigt, aber wer beantwortet sie? Am besten wohl der Bürgermeister von Holpershagen. Doch wo finden wir ihn? Im Büro ist er nicht. Das muß kein schlechtes Zeichen sein. Vielleicht inspiziert er gerade den Straßenbau. Man muß nämlich wissen, daß die Krummbergshübeler Pfeifenschnitzmesserwerker in Holpershagen eine schöne breite Straße bauen. Denn die

Bauleute kommen von der Bitumengroßkocherei Heringsdorf. Sie machen das gern für die Thüringer Kollegen, denn sie sind ihnen zu Dank verpflichtet. Die Krummbergshübeler haben den Heringsdorfern nämlich am Rennweg einen Steilhang mit Baude abgetreten. Dort schulen sich die Bitumenkocher zur Winterszeit in politischer Ökonomie und im Abfahrtslauf. Das ist allgemein nicht besonders bekannt. Der Bürgermeister von Holpershagen ist seinerzeit durch Zufall darauf gestoßen, als das Seilzugskombinat die inzwischen berühmt gewordene Holpershagener Bowlinghalle mit acht Bahnen baute und dafür am Holpershagener See einen Wanderlehrpfad mit Motel einrichten durfte. Der Verwaltungsdirektor des Motels hatte einen Schwiegersohn, der beim Segelschiffbau beschäftigt ist und immer mal Bretter für Finnhütten übrig hat. Die vier Schmuckkästchen an der Südseite des Sees stammen übrigens aus dieser Quelle. Doch das nur nebenbei. Dieser Schwiegersohn also konnte es nicht mehr mit ansehn, wie der Bürgermeister von Holpershagen unter dem miserablen Straßenzustand seiner Gemeinde litt. Er hatte wohl auch ein wenig Angst um die Stoßdämpfer seines neuen Volvo, der Schwiegersohn. Wie auch immer – jedenfalls gab er dem Bürgermeister den Tip, sich doch mal mit den Krummbergshübeler Pfeifenschnitzmesserwerkern in Verbindung zu setzen, weil die einen hübschen Standort für ein hübsches Gebäude mit Zugang zum Wasser suchten. Es wird gemunkelt, daß dieser Schwiegersohn auch die Idee hatte, das hübsche Gebäude Schulungsheim zu nennen. Das ist sicherlich eine übertreibende Darstellung, denn diese Idee liegt ja eigentlich auf der Hand. Kurz und gut. Der Bürgermeister von Holpershagen schloß sich mit den Krummbergshübelern kurz, wie er es selbst einmal formulierte, und nun wird die Straße gebaut. Wobei der Begriff Straße ein wenig ungenau ist. Es wird nämlich, einer Idee des Bürgermeisters zufolge, ein großzügiger Fußgängerboulevard, den ein gewaltiger Springbrunnen ziert. Das Becken der Anlage soll so groß sein, daß all diejenigen ihre Beine hineinhalten können, die kein Haus am See haben. Also die Allgemeinheit.

Bestarbeiter 1982: »Und wat nu? Dein Zaun steht, aber die Balkongitter reichen nur für die rechte Seite.«

Ernst Röhl

Selbst ist der Mann, von der Frau ganz zu schweigen

Honecker fährt über Land und sieht ein schmuckes Häuschen, davor steht ein Auto, im Garten sieht er eine Hollywoodschaukel. Er will sich bei den Bürgern erkundigen, wie zufrieden sie sind, und klingelt an der Tür. Ein kleines Mädchen öffnet: »Wer bist du denn, Onkel?« – »Ich, meine Kleine, bin der Mann, der dafür sorgt, daß es euch so gut geht und dem ihr das alles hier zu verdanken hab.«
Da ruft das Kind: »Mami, Mami, komm mal ganz schnell, Onkel Peter aus München ist da!«

Wenn die Leute mein Häuschen sehn, sind sie immer ganz aus demselben. So ein Schmuckstück ist das. Und wenn sie hören, daß ich alles ganz allein gemacht habe, verneigen sie sich und rufen ganz laut: »Kompliment, Meister! Sie sind der Mann mit den goldenen Händen.« Und flüsternd fügen sie hinzu: »Wann kommse zu mir? Ich zahl fümmundzwanzich Mark die Stunde.« Dann weiß ich gleich, daß die Leute sauber sind und währungsmäßig fest auf den Füßen unserer Republik stehn.

Nun glauben Sie aber bloß nicht, ein gütiges Geschick hätte mir die goldenen Hände in die Wiege gelegt. Im Gegenteil! Ich hatte auch niemals polytechnischen Unterricht. Ich bin eins der letzten Opfer des gutbürgerlich-humanistischen Gymnasiums. Schon als Kind wußte ich, daß Karl Moor ein Selbsthelfer war. Als Erwachsener allerdings wußte ich mir selber noch lange nicht zu helfen. Nach Abschluß der Schule hatte ich weiter nichts zu bieten als ein paar lateinische Redensarten und zwei linke Pfoten. Aber linksaußen! Das war natürlich kein Grund zum Verzweifeln. Es gibt schließlich eine ganze Menge Berufe, in denen zwei linke Pfoten geradezu die Voraussetzung sind für eine glanzvolle Laufbahn.

Dann aber kam der Tag, an dem bei uns die Zwillinge kamen. Meine Familie wurde entschieden größer, meine Wohnung entschieden kleiner.

Auf dem Wohnungsamt vermittelte mir eine nette ältere Dame ein schmuckloses Einfamilienhaus, das wenigstens dreimal so alt war wie sie selber. Und wenigstens viermal so baufällig. In diesem Haus sollte einst Johann Wolfgang von Goethe absteigen, der im Jahre 1783 die Absicht hegte, Pankow zu besuchen. Aus diesem möglicherweise welthistorischen Besuch ist leider nie was geworden, Goethe hat nie in Pankow geweilt. Trotzdem oder gerade deshalb will der Denkmalschutz demnächst eine kleine Gedenktafel anbringen lassen.

Dieses um ein Haar von der deutschen Klassik angehauchte Gebäude also hatte jene nette Dame vom Wohnungsamt für mich vorgesehen. »Könnse mauern?« fragte sie.

»Beim Skat«, sagte ich. Ein Kalauer, gewiß, doch er schien zu genügen.

»Ein bißchen kriminell ist es schon, denn eigentlich soll die ganze Ladung auf die Müllkippe.«

»Wenn ich mich nicht täusche«, fuhr sie fort, »steckt in Ihnen außerdem noch ein Tischler.«
»Genau«, sagte ich, »ein Stammtischler.«
»Na, sehnse!« rief sie fröhlich und wünschte mir zum Abschied viel Spaß. Dieser Wunsch ging prompt in Erfüllung.
Ich klingelte bei Malermeister Panehl, der vor Jahren meine Wohnung gemacht hatte. »Tut mir leid«, sagte die Meisterin, »praktisch ist er gar nicht mehr tätig. Er hält jetzt diese Vorträge bei der KWV. Für die Heimwerker, verstehn Sie ...«
»Da sieht mans mal wieder«, rief ich, »Mundwerk hat goldenen Boden.«
Die Meisterin lachte so laut, daß ich wußte, es kommt noch was. »Ich hätte eine kleine Bitte«, sagte sie mit einem reizenden Lächeln. »Könnten Sie mir nicht dieses Jahr die Küche malern?«
Es gibt Dinge, die kann ich Frauen nicht abschlagen; Malern gehörte damals leider noch nicht dazu.
Na schön, dachte ich, dies und das kannst du ohne fremde Hilfe machen, zum Beispiel einziehen. Kleine, durchführbare Vorhaben sind ja bekanntlich wesentlich ratsamer als große, undurchführbare.
Durch den gelungenen Umzug ermuntert, wagte ich mich vorsichtig an ein paar handwerkliche Experimente. Malern, dachte ich, kann so schwer nicht sein. Meine Frau beherrscht es ja auch. Die leistet vor dem Spiegel mehr als Willi Sitte an der Staffelei.

Also strich ich erst mal die Fenster. Mit einem überraschenden Ergebnis: Ich sah plötzlich nicht mehr durch. Heute weiß ich, was falsch war! Ich hätte die Rahmen streichen müssen.
So bin ich nun mal. Durch und durch Praktiker! Einer, der lieber aus eigenen Fehlern lernt als aus den Fehlern anderer, seien es auch noch so hochgestellte Persönlichkeiten. Ich stieg auch aufs Dach, um den uralten, morschen Dachfirst unter die Lupe zu nehmen. Aber wie sagt doch schon der Volksmund so treffend: Gehe nie zu deinem First, wenn du nicht gerufen wirst! Ich kam sogleich auf die schiefe Bahn und konnte nichts mehr machen als eine kurze Mitteilung. Also teilte ich meiner Frau beim Passieren des Küchenfensters die Besuchszeiten der Heimwerkerklinik mit, wo ich alsbald die gesammelten Werke der Heimwerkerliteratur eingehend studierte: das Einmaleins des Mauerns, das Einmaleins des Malerns, das Einmaleins der Dachdeckerarbeiten. Ich hatte beschlossen, Heimwerker zu werden. Das erste, was ich mir nach meiner Entlassung kaufte, war ein Verbandskasten. Ich kann nur jedem empfehlen, sich einen Verbandskasten zuzulegen. Selbst wenn aus der Heimwerkerkarriere nichts wird, weiß man doch immer Rat, wenn man sich mal in den Finger geschnitten hat oder das Opfer verletzender Reden geworden ist.

Ein Volk von Heimwerkern braucht kaum noch Handwerker.

Hoffentlich habe ich mit dieser Bemerkung jetzt nicht einige Zeitgenossen der empfindlicheren Sorte in ihrer Heimwerkerehre gekränkt. Ich weiß, ich weiß – es gibt fast keine Nichtheimwerker mehr. Und das ist gut so. Uns kann keiner, Freunde! Jedenfalls kein Handwerker. Lange genug sind wir hinter ihnen hergelaufen, demnächst laufen sie hinter uns her. Erstens, weil ein Volk von Heimwerkern kaum noch Handwerker braucht, und zweitens, weil es sich auch in Handwerkerkreisen längst rumgesprochen hat, wie sauber wir arbeiten. Und ich weiß, sie werden uns noch die Bude einlaufen! Bei mir war vorgestern schon einer. Der Herr Malermeister Panehl. »Ich, äh, ich hätte da«, stammelte er, »ich hätte da zufällig noch ein paar Termine frei. Wie isses – soll ich Ihnen nächste Woche die Stube malern?«
»Um Himmels willen!« sagte ich. »An meine Wohnung laß ich keinen ran. Einen Maler schon gar nicht.«

2. Kapitel

Alles zum Wohle des Volkes

Humorvolles aus dem Alltag

Mit den achtziger Jahren beginnt die Zeit, die Günter Gaus als »Leben in der Nischengesellschaft« bezeichnete. Der Volksmund formulierte dafür den »Übergang vom Sozialismus zu Honeckers Delikatismus« – auch wenn sich nicht jeder den Einkauf in den teuren Delikatläden leisten konnte –, und kluge Köpfe sprachen von **Stagnation**. Der Rückzug ins Private war unübersehbar, wie auch die Zuspitzung der wirtschaftlichen Lage. Als sich die Sowjetunion vor dem Hintergrund des Wettrüstens 1981 gezwungen sah, die **Erdöllieferungen** zu reduzieren, brachte der nötige Kauf auf dem Weltmarkt die DDR-Wirtschaft ins Schlingern, und 1982 konnten erstmals fällige **Kredite und Zinszahlungen** nur mit neuen Krediten abgelöst werden. Aber es lag wohl weniger an diesen Ereignissen, daß sich auch der normale DDR-Bürger für das Ölgeschäft interessierte. Der richtete seinen Blick nämlich nach Dallas, wo die gleichnamige Serie über die texanische Öldynastie Ewing spielte. Sie war das **Fernsehereignis** schlechthin und wurde auch im Osten leidenschaftlich geguckt – ausgenommen natürlich das **Tal der Ahnungslosen** im Raum Dresden. Helga Hahnemann lieferte eine Adlershöfische Version von Dallas. Bedauerlich, daß kein Regisseur ihre Anregung zu einem **Serien-Pendant made in GDR** aufgriff! Vielleicht wäre es ein Exportschlager geworden?

Ernst Röhl

Unauffälliger Rückzug ins Privatleben

Unsere einzige Tochter Evelin machte das, was man heutzutage getrost eine gute Partie nennen darf. Sie heiratete einen stämmigen jungen Mann, der außer einem heiteren Gemüt eine nagelneue AWG-Wohnung mit in die Ehe brachte.

Ihr Auszug kam mir wie gerufen, und ich nutzte ihn mit eiskalter Berechnung für meinen Rückzug aus dem gesellschaftlichen Leben, und zwar schon auf der nächsten besten Sitzung meiner Hausgemeinschaftsleitung. »Eine große Drei-Raum-Wohnung für zwei kleine Leute«, erklärte ich, »so was ist doch direkt unanständig! Ich such mir eine andere Wohnung, Freunde, und ihr sucht euch einen andern HGL-Vorsitzenden.«

Den Wohnungstausch interpretierte ich als meinen ganz persönlichen Beitrag zur noch hundertprozentigeren Erfüllung unseres Wohnungsbauprogramms.

Zunächst sahen mich alle an, überrascht der eine, gekränkt der andere, zerschmettert der dritte, dann sanken sie aber auch schon in sich zusammen, ihre Blicke irrten ziellos durch den Raum. Nationalpreisträger, Reisekader, Fernsehliebling – das wäre jeder gern, Interessenten für das Amt des HGL-Vorsitzenden indes sind außerordendich rar. Die Leitungsmitglieder wußten sehr wohl, daß ich oftmals wie ein Hamster auf der Rolle gelaufen war. Das vergangene Jahr lang beispielsweise hatte ich erfolglos versucht, der Wohnungsverwaltung einen größeren Posten Farbe abzutrotzen, weil unsere Hausgemeinschaft die gammligen Korridore wenigstens halb so schön färben wollte wie die KWV ihre Mach-mit-Erfolgsberichte an die Presse.

Mir selbst war darüber hinaus persönlich an der Renovierung gelegen, weil Narrenhände oder eine oppositionelle Einwohnerfraktion oder vielleicht auch nur Kinder mit Holzkohle Schmähparolen an die Wände geschmiert hatten: Alle, die in diesem Haus E. Röhl heißen, sind doof!!

Was nun die sogenannte malermäßige Instandsetzung betraf, so waren die Mieter ganz entschieden zur Mitarbeit bereit und hatten sich zu regelrechten Streichquartetten zusammengerottet, doch unser Verwalter, der Kollege Jeneschigkeit, war angeblich außerstande, die nötige Farbe zur Verfügung zu stellen und warnte mich im selben Atemzug davor, sie einfach im Laden zu kaufen und so dem geheiligten Bevölkerungsbedarfskontingent zu entziehen, keine faulen Tricks, bitte sehr, wenn das jeder machen würde ...

»Ja, aber was, zum Teufel, soll ich denn machen«, rief ich verzweifelt.
»Man muß kämpfen«, sagte Jeneschigkeit, »dann bleiben die Erfolge nicht aus.« Kurz und gut, Väterchen Frust hatte mich gepackt, und ich wollte den HGL-Vorsitz so schnell und so elegant wie möglich loswerden. Das schaffte ich auch, weil ich starke Argumente ins Feld führte. Den bevorstehenden Wohnungstausch interpretierte ich als meinen ganz persönlichen Beitrag zur noch hundertprozentigeren Erfüllung unseres Wohnungsbauprogramms und zog ein paar Tage später aus meiner Drei-Raum-Neubauwohnung drei Straßen weiter in eine guterhaltene Vier-Raum-Altbauwohnung mit Gasheizung und Balkon. Das Treppenhaus war frisch gestrichen, dafür allerdings befand sich die Fassade in beklagenswertem Zustand, sie war quadratmeterweise vom Verputz entblößt. Die HGL, so hörte ich läuten, ringe seit langem um die Reparatur, der Verwalter

Initiative der Partei zur Werbung neuer Mitglieder anläßlich des bevorstehenden X. Parteitages: Wer einen neuen Genossen wirbt, bekommt eine Buchprämie, wer zwei wirbt, braucht ein Jahr lang keinen Parteibeitrag zu bezahlen, wer fünf neue Genossen wirbt, darf aus der Partei austreten, und wer zehn wirbt, bekommt eine Bescheinigung, daß er nie in der Partei war.

jedoch, Kollege Jeneschigkeit, sehe sich außerstande, die nötige Rüstkapazität zur Verfügung zu stellen.

Übrigens befand sich im Hause nebenan der KWV-Reparaturstützpunkt, und unsere Fassade harmonierte aufs eindrucksvollste mit dem total verstaubten Schaufenster. Wespenkadaver aus mehreren Sommern deckten den Boden, auf einer Büchse Alkydharz-Vorstreichfarbe weiß lagen zwei papierne Winkelemente in Blau mit aufgehender Sonne, neben der Büchse stand eine hübsche Kristallvase.

Ehrlich gesagt, am liebsten hätte ich in unserer Straße sofort einen Schaufenster-Wettbewerb ins Leben gerufen, um den Kollegen Jeneschigkeit zu demütigen, doch dann bedachte ich die Folgen und zog mich auf meinen Balkon zurück. Ich klebte eine fabelhafte Ziegeltapete, brachte ein Schubkarrenrad an, hängte das Gemälde »Liebespaar am Strand« von W. Womacka auf, kaufte säckeweise Gartenerde, pflanzte Blumen in großer Zahl. Als der Frühling kam, ergrünte mein Balkon; über die Brüstung hinaus wallten feurig die Pelargonien, die wohlriechende Edelwicke rankte in üppigem Flor an Stäben empor, gelb und rot leuchteten die Blüten der Kapuzinerkresse in der grünen Pracht. Täglich blieben Passanten stehen und blickten herauf zum ersten Stockwerk, wo mein Balkon sich in unverschämter Weise von der Fassade abhob.

Wenn man kämpft, dann bleiben die Erfolge nicht aus. Herzlichen Glückwunsch dem Sieger im Balkon-Wettbewerb!

Mehrfach, wenn ich meine Blumen goß oder mit Zoroflor düngte, gewahrte ich unten auf dem Kleinbürgersteig eine Inspektionsgruppe mit dem Kollegen Jeneschigkeit an der Spitze. Mit weitausladenden Gesten deutete er dem Vertreter des Volkskontrollausschusses und der Vertreterin des Wohnbezirksausschusses horizontale und vertikale Linien an, offenbar war die langersehnte Rüstung in Sicht, und wieder juckte es mir in den Fingern, mich in das sich abzeichnende, erfolgversprechende Baugeschehen einzumischen. Der Mensch, meine Herrschaften, ist ein gesellschaftliches Wesen; nicht jeder taugt zum Eremiten. Wenn man sich in der Gewalt hat, hält man es auf dem eigenen Balkon allerdings eine ganze Weile alleine aus, von der Frau mal abgesehen.

Eines Abends klingelte es. Draußen stand Jeneschigkeit mit einem großen Blumenstrauß: »Was hab ich gesagt! Wenn man kämpft, dann bleiben die Erfolge nicht aus. Herzlichen Glückwunsch dem Sieger im Balkon-Wettbewerb!«

»Blumen?« stammelte ich und fügte, als ich die Sprache wiedergefunden hatte, hinzu: »Blumen hab ich genug. Behalt sie, Jeneschigkeit, und stell sie in die Vase! Aber nicht zu Hause! Im Reparaturstützpunkt!«

Eulenspiegeleien

Das Angebot in den Raststätten ist auf die Wünsche und Erfordernisse der Kraftfahrer eingestellt. Sie sind wohlschmeckend, sättigend und belasten den Organismus nicht unnötig.

Ein Reporter fragt im VEB, wie man die Jahresendprämie verwendet hat. Der Betriebsdirektor antwortet: »Ich habe mir einen Wartburg gekauft, den Rest habe ich auf mein Konto eingezahlt.« Der Abteilungsleiter antwortet: »Ich habe mir einen Trabant gekauft, den Rest habe ich auf mein Konto eingezahlt.« Die Arbeiterin sagt. »Ich habe mir einen schönen Pullover im Exquisit gekauft.« Der Reporter fragt: »Und den Rest?« – »Den hat meine Omi dazugegeben.«

Flaschenannahme
Kundenselbsteinsortierung!

Diebstahlhandlungen umgehend die Volkspolizei zu verständigen. Für die Unterstützung der Täter wird der Bevölkerung gedankt. VPKA

Disziplin zu erziehen haben. Die Kriminalität ist deshalb fester Bestandteil der Leitungstätigkeit und planmäßig wie langfristig durch alle Leitungsebenen zu gewährleisten.

Erich Honecker fragt einen Amerikaner, wie er die Neubauviertel findet. Der meint: »Ach, das ist alles nicht perfekt. Es fängt schon bei den Fahrstühlen an. Die Knöpfe sind so hoch angebracht – wenn ein Liliputaner in einem solchen Haus wohnt, kann er nie den Fahrstuhl benutzen.« – »Nicht doch«, sagt Honecker, »wir haben die größten Liliputaner der Welt.«

Irmgard Abe

Die Pflaume als solche …

ist menschenfreundlich, wandlungsfähig und tief im Volk verwurzelt. Deshalb wird sie auch ständig im Mund getragen, im Gegensatz zu anderem Obst. Oder sagt jemand: »Grüß dich, du alter Apfel!«? Der soll vortreten!

Bei uns kommt die Pflaume als magenverträgliches Frischobst vor, als Kompott, Marmelade und Kuchen. Als Mus kommt die Pflaume bei uns nicht mehr vor. Ich war selbst Zeuge der Erstürmung, Eroberung und Zerfetzung des letzten Kartons Pflaumenmus anläßlich der Eröffnung einer neuen Kaufhalle. Und ich erinnere mich, daß sogar einige Mitarbeiter des zuständigen Pflaumenministertums in den heißen Kampf verwickelt waren. Allerdings völlig arglos, denn sie lenkten und leiteten die Pflaume schon damals ausschließlich in ihren Erscheinungsformen Marmelade und Kompott. Deshalb hielten sie diesen Karton Mus auch für eine exotische, importierte Delikatesse.

Antworten auf so diffizile Fragen reifen langsam, aber vielleicht reifen sie, bevor die Pflaume reif wird.

Was hat die Pflaume verbrochen, daß sie als Mus ausgerechnet im entwickelten Sozialismus sterben mußte?

Ideologisch sehe ich da keine Notwendigkeit. Und technisch ist sie leicht zu bearbeiten. Man muß sie nicht fräsen, schweißen oder vernieten, man muß sie nicht einmal verhütten, walzen oder feinschmieden. Auch die aufwendige Randnäherei entfällt bei der Pflaume völlig. Ich bin fast sicher, das Wissen unserer Ingenieure würde ausreichen, ihr beizukommen.

Auch, wenn sich die Pflaume womöglich inzwischen ebenfalls weiterentwickelt hat und kompliziert geworden ist. Wie vieles. Wirklich, wir sollten beim Herangehen an die Pflaume und bei ihrer Bewältigung als Mus etwas draufgängerischer sein. Mehr Mut zum Mus, Leute! Denn seht doch mal: Meine Großmutter war immer eine ängstliche Person. Der Pflaume jedoch hat sie sich stets ohne Furcht genähert. Kenne ich gar nicht anders. Natürlich habe ich jetzt mit ihr über den Mord am Pflaumenmus gesprochen: »Wer ist der Täter, Oma? Wer hatte ein Motiv?«

»Der Preis, Kind, der Preis ist der Mörder!«

Das sei ihr völlig klar, denn wer würde schon so blöde sein, Mus zu kochen, das viel mehr Pflaumen braucht, viel mehr Arbeit

macht, weil es stundenlang zusammenquackern und gerührt werden muß – wenn er Marmelade verkaufen kann, wo der Zucker den höheren Preis macht, aber weniger Arbeit. Ja, ja, mein Omchen, Leute! Und nicht mal Pol. Ök. studiert! Dennoch grüble ich: Konnte es stimmen? Hat Marmelade mit 0,97 tatsächlich vor Mus mit 0,95 gewonnen? Ist da bei der Pflaume der Wurm drin?
Nun reifen ja Antworten auf so diffizile Fragen nur langsam, aber vielleicht reifen sie, bevor die Pflaume reif wird. Zeitlich sind wir jedenfalls ungeheuer im Vorteil, Leute: Noch blüht die Pflaume gar nicht, noch ist sie völlig ahnungslos – da haben wir die Frage schon erkannt! Besser kann man nicht mehr dastehen!

Ein Mann ist in den Westen ausgereist. Er geht in einen Laden und verlangt eine Schachtel F 6. Die Verkäuferin sagt. »Ham wa nich.« Daraufhin der Mann: »O Gott, geht das schon wieder los!«

Inge Ristock

Wohnkultur oder trautes Heim

Verkäuferin im Möbelgeschäft wischt Staub. Ein Kunde steht erst unschlüssig herum, fragt dann

Kunde 1: Verzeihung, bedienen Sie hier?

Verkäuferin: Bedienen ist gut, sagen wir lieber, ich erteile kostenlose Auskünfte. Was wollen Sie denn?

Kunde 1: Stellen Sie sich vor, erst fünf Jahre verheiratet, nur zwei Kinder und schon mit einer Ausbauwohnung versorgt. Bin ich nicht ein Glückspilz? Und nun wollen wir uns einrichten.

Verkäuferin: Viel Spaß.

Kunde 1: Danke. – Als erstes hätte ich gern die Wand »Manuela« aus dem dritten Schaufenster rechts.

Verkäuferin: Ich auch.

Wenn der Exportauftrag nicht platzt und keiner unserer Transportarbeiter krank wird, sind wir in vier bis fünf Monaten lieferbar.

Kunde 1: Ich zahle bar! Hab das Geld mit, 1987,83 Mark. Stimmt genau.

Verkäuferin: Das kann doch nicht wahr sein! Kommt herein, will unsere schönste Wand, und was die größte Frechheit ist, das Geld stimmt!

(Krach von nebenan)

Kunde 1: Um Gottes willen, was war denn das?

Verkäuferin: Wahrscheinlich hat in der Schlafzimmerabteilung ein Ehepaar die Betten ausprobiert.

Kunde 1: So in aller Öffentlichkeit?

(Ein zweiter Kunde kommt herein, schwenkt ein abgebrochenes Möbelteil)

Kunde 2: Wissen Sie, was das ist?

Verkäuferin: Früher wär's Brennholz gewesen, aber seit wir alles aus Plaste machen, ist es nur noch zum Wegwerfen.

Kunde 2: Wir haben uns ganz vorsichtig aufs Bett gesetzt und rtsch ging das Bein links nach schief weg.

Verkäuferin: Sind Sie Genosse?

Kunde 2: Natürlich, aber mit Bewußtsein krieg ich das Bein auch nicht dran.

Verkäuferin: Seit wann sind Sie in der Partei?

Kunde 2: Seit 15 Jahren.

Verkäuferin: Da haben Sie sicherlich noch sämtliche nicht mehr brauchbaren Klassiker im Bücherschrank, die können Sie als Basis benutzten, auf der sich's sicher und bequem ruht.

Kunde 2: Wunderbare Idee. Zum Glück sind es so viele, daß ich damit alle acht Beine ersetzen kann. *(ab)*

Kunde 1: Also, was ist nun mit der Wand?

Verkäuferin: Junger Mann, wir leben in einer Planwirtschaft mit Exportverpflichtungen. Da kann man nicht so ohne weiteres in ein Geschäft gehen und anarchisch eine Wand kaufen wollen. Die Zeiten sind Gott sei Dank vorbei, in denen unsere Möbelindustrie das herstellte, was der Kunde so zufällig braucht. Heute warten wir erst mal wissenschaftlich ab, was sich planmäßig so fünf Jahre lang als kontinuierlicher Engpaß herausstellt, und das wird produziert.

Kunde 1: Erich Honecker hat aber gesagt, der Binnenhandel soll kein Stiefkind mehr sein.

Verkäuferin: Möglich. Aber bis sich das zu den Wäldern rumspricht und die schneller wachsen, das dauert eben seine Zeit.

Kunde 1: Aber die Wand steht doch schon im Schaufenster.

Verkäuferin: Wir sind ein komfortables Einrichtungshaus mit acht Großschaufenstern, in die wir keine Bratwürste hängen können. Wir haben dieses Jahr nicht einen einzigen Jahrestag. Also müssen wir sämtliche acht Schaufenster mit Möbeln vollpflastern. Das Gesicht unserer Hauptstadt muß ja auch in der Möbelbranche nach etwas aussehen.

(Ein Ehepaar kommt herein)

Frau: Wir haben uns entschlossen, wir nehmen das »Blaue Küchenwunder« nun doch!

»Wenn Sie mal anfassen und einige kleine Nacharbeiten nicht scheuen, können Sie dieses Modell gleich mitnehmen.«

Mann: Wenn ich das linke Tischbein kürze, unter das rechte einen Bierfilz zwicke, die Stuhllehnen anleime und in den Schrank vier bis acht Nägel wuchte, hält das noch drei bis fünf Jahre.

Frau: Und bis dahin kriegen wir die AWG-Wohnung mit Mini-Kochnische, und wir müssen das Zeug wegen Platzmangel zerhacken.

Verkäuferin: Bemühen Sie sich bitte zur Kasse.

Frau: Und wann wird die Küche geliefert?

Verkäuferin: Falls – wie geplant – der Exportauftrag nicht platzt und keiner unserer Transportarbeiter kündigt, in vier bis fünf Monaten. *(Ehepaar ab)*

Kunde 1: Also gut, ich nehme die Wand »Sybille« aus dem Zimmer nebenan.

Verkäuferin: Das ist ein Beratungsmodell.

Kunde 1: Mir ist schon alles Wurscht, ich nehme auch ein Beratungsmodell.

Verkäuferin: Beratungsmodelle sind unverkäuflich.

Kunde 1: Und warum steht es dann hier herum?

Verkäuferin: Betrachten Sie unser Einrichtungshaus als eine Art Ausstellung. Unsere Bürger haben ein Recht darauf zu wissen, was sie nicht kaufen können.

(Ein Herr kommt herein)

Herr: Wie ich soeben von der Arbeit nach Hause komme, was blockiert mir da den Eintritt in meine Mini-Junggesellenwohnung von zwölf Quadratmetern? Eine monströse Hausbar für 2400 Mark. Ich verlange, daß Sie das Ding sofort abholen.

Verkäuferin: Möbel sind vom Umtausch ausgeschlossen.

Herr: Ich habe aber keine Hausbar, sondern eine Liege bestellt.

Verkäuferin: Aha, und nun kommen Sie, um den Rest zuzuzahlen.

Herr: Ich will auf einer Liege und nicht auf vier Barhockern schlafen.

Verkäuferin: Ansprüche stellen die Leute heutzutage. Wären Sie zu Hause geblieben, wäre das kleine Versehen nicht passiert.

Herr: Ich war zu Hause und zwar genau die zehn Tage lang, in denen mir die Lieferung immer wieder versprochen wurde.

Verkäuferin: Ihre Schuld. Ein normal denkender Mensch bleibt nicht an den Tagen zu Hause, an denen wir ihm etwas versprechen. Setzen Sie eine Annonce in die Wochenpost und fragen Sie, wer statt einer Hausbar eine Liege bekommen hat. So haben Sie die Sache schnell und unbürokratisch erledigt. *(Herr ab)*

Kunde 1: Hören Sie. Zu Hause wartet eine leere Wohnung auf

eine einzugsbereite Familie. Was kann ich denn sonst noch einkaufen und geliefert bekommen?

Verkäuferin: Oh, eine ganze Menge. Drei verschiedene Arten von Hausbars oder dieses entzückende Kinderkackstühlchen oder hier, diesen dekorativen Zimmerspringbrunnen mit Vierfarbenbeleuchtung, und seit sich unsere Tapetenindustrie in die Illegalität zurückgezogen hat, können wir als Ersatz garantiert industriegewebte Großraumflächenwandteppiche für nur 1999 Mark anbieten. Überdeckt jeden Wasserschaden. Sehr zu empfehlen sind auch diese leicht verspielten Servierwagen *(fährt vor; quietscht gewaltig)* …

Kunde 1: Wenn ich das Vier-Schicht-Steh-Eß-System einführe, würde es für meine Familie reichen. Hätten Sie jetzt noch irgendeinen Schrank dazu?

Verkäuferin: Dank unseres wachsenden Wohlstandes ist die Nachfrage nach Schränken so groß, daß sie angemeldet werden müssen wie Trabant oder Wartburg.

Kunde 1: Also gut, nehmen Sie mich in Ihre Warteliste auf.

Dank unseres wachsenden Wohlstandes ist die Nachfrage nach Schränken so groß, daß sie angemeldet werden müssen wie Trabant oder Wartburg.

Verkäuferin: Nicht vordrängeln. Bevor Sie die registrierte Wartezeit auf einen Schrank durchmachen, müssen sie erst mal die unregistrierte überstehen. Vorläufig nehmen wir keine Anmeldungen entgegen.

Kunde 1: Und wann kann man damit rechnen?

Verkäuferin: Rechnen sollte man bei unserer Planwirtschaft nie. Man kann sich höchstens überraschen lassen. Schauen Sie täglich vorbei. Spätestens in einem halben Jahr werde ich Ihnen zuflüstern: Morgen ist es soweit.

Kunde 1: Mit einem Schrank?

Verkäuferin: Mit einer Wartenummer. Wir öffnen 10 Uhr. Wenn Sie sich morgens gegen 6 Uhr anstellen und etwas Glück haben, könnten wir Sie im nächsten Jahr bereits berücksichtigen.

Kunde 1: Mit einem Schrank?

Verkäuferin: Nein, mit einem Beratungstermin

Kunde 1: Aha. Da berät mich dann eine Fachkraft, welchen Schrank ich kaufen soll.

Verkäuferin: Was heißt »welchen« Schrank? Wir haben immer nur einen zur Auswahl.

Kunde 1: Und warum dann die Beratung?

Verkäuferin: Weil wir genügend Innenarchitekten haben. Außerdem vermitteln sie wertvolle Hinweise, zum Beispiel daß man einen Schrank nicht vor das Fenster und ein Sofa nicht vor die Tür stellt.

Kunde 1: Und wenn ich den Beratungsdienst hinter mir habe ...

Verkäuferin: Sie sind ein echter Heißsporn. Wenn Sie den Schrank haben, folgt erst mal der Briefverkehr mit dem Herstellerwerk.

Kunde 1: Soll ich mich dort vielleicht für die Schnelligkeit bedanken?

(Mann kommt herein, mit Kopfverband, Arm in Gips)

Mann: Fräulein, Sie haben mir gestern den kombinierten Wäsche-Schuh-Kleider-Geschirr-Bücher-Anbau-Schrank in 87 Einzelteilen geliefert. Die linken Schranktüren sind auf Eiche gequält, die rechten auf Birke getrimmt. Die Türen klemmen, ein Schloß ist bereits abgefallen, die Bolzen passen nicht in die Löcher

Gut Schrank will Weile haben, und so ein Briefverkehr geht hin und her.

Verkäuferin: Die Bolzen können ja gar nicht passen.

Mann: Warum nicht?

Verkäuferin: Weil wir den Schrank sonst exportiert hätten.

Mann: Genau nach Aufbauanweisungsanleitungsvordruck habe ich dreimal versucht, das Ding aufzustellen. Dreimal ist es wieder zusammengekracht. Aber ich weiß jetzt, woran es liegt. Es fehlen sechs Schrauben. Nun wollte ich mal fragen, ob die hier rumliegen.

Verkäuferin: Bei uns liegt nie was rum. Wenden Sie sich an das Herstellerwerk. Schildern Sie die Mängel, und in zehn bis zwölf Wochen haben Sie dann …

Mann: … die Schrauben?

Verkäuferin: Nein, ein Dankschreiben für Ihren kritischen Hinweis aus der Bevölkerung mit der Zusicherung, die Mängel in Zukunft abzustellen. Unterschrift: Betrieb der ausgezeichneten Qualität.

Mann: Ich will kein Schreiben, sondern Schrauben. Und zwar sofort.

Verkäuferin: Was heißt sofort? Gut Schrank will Weile haben. Und so ein Briefverkehr geht hin und her und her und hin. Und Sie sind nicht mehr der Jüngste. Sicher wollen Sie doch das Richtfest noch erleben. Am besten, Sie klemmen sich Ihre Wand unter den Arm und fahren mal zum Herstellerwerk.

Mann: O glückliche Höhlenbewohner der Urgemeinschaft! *(ab)*

Kunde 1: Sagen Sie mal, gibt's denn keine Möglichkeit, schnell an Qualitätsmöbel heranzukommen?

Verkäuferin: Versuchen Sie's doch mal bei Haushaltsauflösungen.

Renate Holland-Moritz

Magie des rechten Wortes

Alles war eitel Ordnung und Sauberkeit: der Garten, die Kieswege, das Haus, sogar die Fenster. Die Festtagspracht währte bis lange nach dem Fest, genauer gesagt, bis tief in einen späten Novemberabend hinein. Da krachte es plötzlich.
Also, zunächst rauschte es. Es rauschte in den kahlen Apfelbäumen, dann pfiff es um die Hausecken, klapperte in den Dachziegeln, und endlich krachte es. Eine einzige Sturmböe hatte mit einem einzigen gewaltigen Ruck den gesamten Putz von der Giebelwand unseres Hauses abgetragen.
Das Haus wirkte wie ein abgezogenes Karnickel. Auf den geharkten Beeten und dem kurzgeschnittenen englischen Rasen lag halbmeterhoch der Putz. Sauberkeit und Ordnung, die immerdar währen sollten, waren unterm Schutt begraben.
Der Eigentümer des Hauses, eine Baugenossenschaft, nahm den Schaden mit stolzer, aber ergebener Trauer zur Kenntnis. »Das tut uns wirklich in der Seele leid«, sagte ein Herr vom Vorstand, »aber da können wir im Moment gar nichts machen.«

»Was heißt hier, ihr könnt nichts machen«, muckten wir auf, »ihr müßt etwas machen, und zwar sofort. Der Regen wird durch die kahlen Mauersteine ins Haus dringen und alles zerstören. Außerdem, wie sieht denn das aus? Schließlich haben wir doch eine Kampagne für Ordnung und Sauberkeit!«
»Hatten wir, liebe Leute, hatten wir«, sagte der Herr vom Vorstand. »Ja, wenn ihr den Schaden vor dem zwanzigsten Jahrestag gemeldet hättet ...«
»Aber der Sturm war doch erst gestern«, gaben wir zu bedenken.
»Seht ihr, und das ist eben das Dumme, eine gewisse Spontanität, die sich organisatorisch nicht einordnen läßt. Aber wir werden den Fall natürlich auf der nächsten Vorstandssitzung zur Sprache bringen.«
Die nächste Vorstandssitzung fand vierzehn Tage später statt. Unser Fall wurde betrübt zu den Akten gelegt, denn zur Behebung des Schadens mangelte es leider an Maurern. Ob wir nicht vielleicht aus eigener Initiative ...
Wir unternahmen einen ausgedehnten Kneipenbummel. Dank erheblicher Bierinvestitionen erfüllten wir schließlich drei skat-

spielende Maurer mit so viel Eigeninitiative, daß sie für zehn Mark Stundenlohn zu allem bereit waren. Kellen, Mollen, Eimer und ihre goldenen Hände wollten sie selbst mitbringen. Gerüst und Mörtel gingen zu Lasten des Auftraggebers.

»Das trifft sich aber nun wirklich wieder einmal ausgesprochen dumm«, sagte der Herr vom Vorstand, »indem wir nämlich selber kein Gerüst haben. Mörtel ist, Gerüst Fehlanzeige. Leider!«

Der Novemberregen wurde nässer und der Sturm stürmischer. Wir konnten die Wohnzimmertapete schon mit der Pinzette abnehmen. Da stießen wir auf die Annonce eines Rentners, der ein Gerüst zum Kauf anbot. Wir rannten hin und akzeptierten einen Preis, der das Projekt Waschvollautomat vom Plan fegte.

»Es is wegen den Erinnerungswert«, sagte der Rentner entschuldigend, »ich war nämlich früher Maurer jewesen.« Der Erinnerungswert mußte dem VEB Hochbau noch heute in der Bilanz fehlen, denn dieser Name war in jedes Gerüstbrett eingebrannt. Aber Skrupel konnten wir uns angesichts des dräuenden Winters nicht leisten.

Zu einem kulturvollen Leben in Ordnung und Sauberkeit können wir uns alle nur beglückwünschen.

Als wir den Herrn vom Vorstand mit unserem kostbaren Requisit überraschten, begann er fast zu weinen. »Das ist aber – nee, also dümmer geht's nicht. Eben ist der letzte Krümel Mörtel alle geworden!«

Während das Regenwasser von der Wand in die Bücherregale rieselte, strapazierten wir das Telefon auf der Suche nach Mörtel. Da kam unser Opa.

Unser Opa ist nicht ein Opa schlechthin, sondern ein Wundertier. Unser Opa schafft alles, organisiert alles, kriegt alles. Blumen im Winter, Bananen im Frühjahr, Brause im Hochsommer. Opa muß dabei niemanden bestechen, niemandem mit der Presse drohen und niemals laut werden. »Es ist nur das rechte Wort am rechten Platz«, sagt er stets, und er lächelt wie ein Weihnachtsengel. Aber seine Tricks verrät er nicht.

Also der Opa kam und drückte den Hörer auf die Gabel. »Schluß jetzt«, sagte er, »nun laßt mal einen erwachsenen Staatsbürger ran.« Und Opa ging zum Vorstand der Genossenschaft.

Zwei Tage später rückte eine Maurerkolonne an. Unseren Skatspielern konnten wir absagen, und das teure Gerüst ging für einen Finderlohn an den rechtmäßigen Besitzer zurück. Die Genossenschaftsmaurer waren komplett ausgestattet. Sie räumten zuerst die Schuttberge beiseite und machten sich dann an den Verputz der Giebelwand. Einer der Maurer war in einem früheren Leben einmal Maler gewesen und bot im Auftrage der Genossenschaft die kostenlose Renovierung der Wohnzimmer-

wand an. Kindliches Staunen und angenehmer Schauder vor dem Unerklärbaren erfüllten uns.
»Wie hast du das gemacht, Opa?« fragten wir voll dankbarer Ehrfurcht.
»Fragt nicht soviel, sondern freut euch. Das rechte Wort am rechten Platz versetzt Berge! Übrigens, wann lassen sich Werner und Edith mal wieder blicken? Ich habe sie ja schon ewig nicht gesehen.«
»Am Einunddreißigsten, wie immer. Sie werden doch den Geburtstag ihres Patenkindes nicht vergessen!«
»Dann ist ja alles in Ordnung«, sagte der Opa.
Am Einunddreißigsten kamen mein Schwager Werner und seine Frau Edith, beladen mit Geschenken für unseren Jüngsten. »Donnerwetter«, sagten die beiden, »euer Haus sieht ja aus wie neu! Und sogar die Stube frisch gemalert. Ihr macht ja viel Wind um sone popligen Gäste wie uns.«
»Stimmt«, sagte der Opa schmunzelnd, »wir haben eben noch Familiensinn.«

»Hoffentlich kommt die KWV nicht auf die Idee, das Dach reparieren zu lassen.«

Da klingelte es. Vor unserem Haus stand der Herr vom Vorstand und brach fast unter einer gewaltigen Blumenschale zusammen. »Zu einem kulturvollen Leben in Ordnung und Sauberkeit können wir uns alle nur beglückwünschen«, flötete er, während er mir den halben Zentner Blumen überreichte.
»Ist der hohe Besuch schon da?«
»Wir trinken gerade Kaffee«, sagte ich verwirrt, »aber kommen Sie nur rein.«
»Nein, nein«, wehrte der Herr vom Vorstand bescheiden ab, »da will ich auf keinen Fall stören. Hauptsache, die weitgereisten Gäste fühlen sich wohl in euerm gepflegten Heim und nehmen einen günstigen Eindruck auch namens der Genossenschaft mit nach Hause.«
»Wieso weitgereist?« fragte mein Mann verdattert. Sein Bruder Werner wohnt in Blankenfelde.
»Na ja, per Luftlinie gesehen«, kicherte der Herr vom Vorstand, »da ist es wohl nur ein Katzensprung. Nun will ich aber wirklich nicht länger stören! Überbringt euren verehrten Gästen diese Blumen und unsere brüderlichen Kampfesgrüße. Und auch einen schönen Gruß an euern Opa, daß er uns rechtzeitig informiert hat.« Und weg war er.

Opa war zu keiner Erklärung zu bewegen. Wir begriffen überhaupt nichts. Unsere Gäste waren förmlich chloroformiert. Edith starrte immerzu auf den Blumenberg und schüttelte den Kopf. Werner fand als erster die Sprache wieder. »Nee, Kinder, nee, also das darf nun wirklich nicht wahr sein. Und ich hab doch als Kellner weiß Gott schon allerhand Schoten erlebt!«
»Kellner hin, Kellner her«, sagte der Opa, »aber wie heißt deine Arbeitsstelle?«
»Na, das weißt du doch: ›Moskau‹!«
»Seht ihr«, sprach Opa, »das ist mir da natürlich auch eingefallen. Und das war genau das rechte Wort am rechten Ort!«

Ernst Röhl

Das Haus, in dem ich wohne

In unserm Hochhaus gibt es kein Getue
und nicht den edlen Hausgemeinschaftstrend.
In unserm Hochhaus hat man seine Ruhe,
weil keiner keine und weil keine keinen kennt.

Man kann sich also wie die Axt im Walde
benehmen, schmeißt Gerümpel ungeniert
durchs offne Fenster raus vors Haus auf Halde.
So wird die Müllerfassung rationalisiert.

Es wohnen, heißt es, sogar Dissidenten
und Nationalpreisträger hier im Bau.
Die kennt man zwar auf andern Kontinenten,
in unserm Hause kennt sie keine Sau.

Man kennt vom Sehn bestimmte Herrn und Damen,
doch ihre Namen kennt man leider nicht.
Man kennt vom Hörensagen ihre Namen,
doch leider nicht dazu das passende Gesicht.

Mal so gesehn, kenn ich im Haus nur einen,
doch den seit Jahren unterdes.
Wie Ironie des Schicksals will's mir scheinen.
Er ist, soviel ich weiß, beim MfS.

Angela Gentzmer

Helga Hahnemanns Adlershöfische Version von »Dallas«

Ick frage mich die janze Zeit: Sind unsere Kunst-Erzeuger nun so bekloppt oder tun se bloß so? Wo jedet Kind heute schon weiß, daß die janze Welt sich nur noch von Fernseh-Serien ernährt. Wenn die Macher nich' immer bloß bis drei zählen würden, könnten wir mit unsern Produkten längst in die Übersee-Mattscheiben einjebrochen sein. Leute, die zu allem fähig sind, ham wa doch. Hatten wir jedenfalls. Obwohl se einem durchs Fernsehn nich' verloren jehn, wa? Aber ooch schon der kleinste Werktätige is ja bei uns 'n großer Schauspieler. Was für 'ne Vorstellung muß der jedesmal jeben, um an die lumpige Prämie ranzukommen, stimmt's?? Na – und Jeschichten für die schönsten Familientragödien liegen doch überall inne Kühltruhen von jedem Konsum rum.

Der Quotenrenner Anfang der 80er Jahre ist die Serie »Dallas«. Helga Hahnemann: »Ach Quatsch – englisch! Dit soll doch 'n Zonen-Knaller werden.«

Z.B. könnte Herbert Köfer 'n unjelernten Werkleiter spielen. Aber nun nich' an so 'nem kahlen Schreibtisch, mit hinter seinem Rücken dit Brett mit dem fingierten Plan – nee, anne Bar lümmelt der sich rum und telefoniert mit seine Mutter: »Mum? What's about the Plan?«
Ach Quatsch – englisch! Dit soll doch 'n Zonen-Knaller werden. Entschuldigung! Also: »Mamma? Sag mal, liegen wir mit 80 % Ausschuß eigentlich noch gut im Rennen? Jaa – wir produzieren im Moment nur Kacke. Dafür kann ich aber nichts, Mamma, wenn mein ›Großer Bruder‹ mir nur Müll zuliefert. Was sagste? Warum wir die Piepeliene nich' anzapfen? Mensch Mamma, weißte denn überhaupt, wo die liegt?

Nein – nich' deine versoffene Schwiegertochter – die Trasse, wo unsere Künstler-Agentur sämtliche Singezähne bis zum Erbrechen ›Kalinka‹ jodeln läßt.«
Nun kommt seine Sekretärin – sowat wie Jutta Hoffmann – und sagt in schönstem Hochdeutsch: »Horsche mal, Ätsch-Kä, draußen steht e Sohn von dir. Darf er rein?«
»Hm – kenn ick den?«
»Geene Ahnung. Ich gann mich schließlich nich' um jeden Dreck gümmern.«
»Hat er seinen Ausweis bei sich?«
»Nee, nur e Grabstein mit seinem Namen, aber ooch noch falsch geschrieben – ›Ewing‹ mit ›U‹ vorne.«
»O.k., sollen die Staatlichen Organe den erstmal in die Mangel nehmen. Is jut, Erna, kannst wieder an deinen Kaffetopp gehn.«

Jeschichten für die schönsten Familientragödien liegen doch überall inne Kühltruhe von jedem Konsum rum.

»Soll er nu rin oder nich? In Folge 399 haben se ihm doch schon eens vor de Rübe gegäben und sterben lassen.«
»Mein Gott, denn kriegt er eben eene neue Visage – wo is denn da das Problem?«
Jetzt ruft er seinen Kumpel an: »Grüß Gott, Genosse, Ätsch-Kä hier, hör mal, Igon, wir beede haben doch damals zusammen die Talsperre gebaut in – richtig – sag mal, hab ick da etwa noch wat anderes jebaut? Hier taucht so'n Bengel auf – wie bitte? Ja – jenau – rote Haare wie so'n Feuermelder. Hm? Ach – du Scheiße! Hör uff – ›Wanderpokal‹ haben wir die jenannt. Alles klar, Igon!! Ciao!«
Grade will er seine »Blauen Jungs« aus de Kantine in die Werkstatt scheuchen, wo se mit'n Kännchen Öl die Bremsen vonne Trabanten schmieren sollen, da klotzt so'n Lulatsch mit'n Cowboyhut auf'm Dez int Zimmer, schmeißt die Beene auf'n Tisch und grunzt: »Hi, Pappa!«
Ätsch-Kä erkennt natürlich gleich an dem seinen großen Zinken, daß ihm dit Malheur ähnlich sieht, macht aber auf Monogramm und tut so, als wenn Fremdgehn 'n Fremdwort für ihn is', worauf sein Filius ihm freundlich seine Faust in die Magengrube packt und nett erinnern tut: »So, Alter, ick gratuliere dir zu deinem neuen, verantwortungsvollen Posten. Ab morgen bist du Soli-Marken-Verkäufer! Ick bin nämlich der neue Parteisekretär und hab dich einstimmig gewählt.«

3. Kapitel

Lernen, lernen, nochmals lernen

Als wir Schüler und Pioniere waren

»Welche ein Meter dreißig großen Wunder!« sagt Johannes Conrad in der Geschichte über die Zwillinge Karl und Fritzchen, ist stolz, daß ihre Fragen auf »qualifizierten Beinen« stehen, seit sie Schüler sind, und staunt, wie sie sich zu **Jungpionieren** mausern. Am 13. Dezember, dem Gründungstag der Pionierorganisation, erhielten alljährlich die Erstklässler ihr **blaues Halstuch**. Vermutlich aber ging es an keinem anderen Unterrichtstag an den Schulen harmonischer zu als am 12. Juni. Der war zum **Tag des Lehrers** erklärt worden, womit auch diese Berufsgruppe einen eigenen Ehrentag erhielt. Denn geehrt werden sollte jeder Werktätige, der seinen Beitrag zum Aufbau des Sozialismus leistete. Wie es die Schüler mit diesem Tag hielten, ist bei Ottokar Domma nachzulesen. Viel weniger harmonisch lief es mit dem 1978 für die 9. und 10. Klassen und dem 1981 für die 11. und 12. Klassen eingeführten **Wehrkundeunterricht**. Eltern, Schüler und die evangelische Kirche protestierten, aber die vormilitärische Ausbildung wurde obligatorisch. Die Freie Deutsche Jugend, die **Kampfreserve der Partei**, traf sich Pfingsten 1982 unter dem Motto »Frieden schaffen gegen Nato-Waffen« und protestierte gegen Pershing II und Cruise Missiles. Auch die mißtrauisch beobachtete kirchliche Friedensbewegung formiert sich. Ihr Motto: »Frieden schaffen ohne Waffen«.

Ottokar Domma

Unser Tag des Lehrers

Der allerwichtigste Tag für die Lehrer ist der Tag des Lehrers. Er ist ein Tag der Liebe und der Versöhnung, und er steht im Kalender. Auf diesen Tag freuen wir Kinder uns mehr als unsere Lehrer, weil wir uns an diesem Tag nicht so anstrengen müssen, wogegen unsere Lehrer am Abend oder am nächsten Morgen meist ganz fertig sind von der vielen Ehre und Liebe. Denn an diesem Tag sagt niemand ein schlechtes Wort zu unseren Lehrern. Jetzt will ich schreiben, warum dieses ein Tag der Liebe und der Versöhnung ist.

An diesem Tag entdecken die meisten Menschen wieder einmal, wie lieb sie alle Lehrer haben. Zum Beispiel Frau Kasubke bei uns nebenan. Frau Kasubke ist eine Blumen- und Klatschfrau, und man nennt sie auch unsere Dorfzeitung. Sie hat einen Blumenladen nebst einem mißratenen Sohn, der zweimal sitzengeblieben ist und schon einen Bart bekommt. Wenn die Leute zu Frau Kasubke in den Laden kommen, dann schimpft sie meistens auf die Lehrer; sie verkennen alle ihren Sohn. Kommt ihr Sohn mit einer Fünf oder einem Tadel nach Hause, dann sagt Frau Kasubke zu allen Leuten im Laden, wie dumm die Lehrer sind; und sie wird ihnen schon zeigen, was eine Harke ist.

Einmal im Jahr schimpft Frau Kasubke nicht auf die Lehrer, und zwar am Tag des Lehrers. Sie sagt zu allen Leuten im Laden, man muß die Lehrer ehren; und dieser Blumentopf kostet nur fünf Mark, und es ist viel zuwenig für einen Lehrer. So macht der Tag des Lehrers Frau Kasubke von einer Schimpferin zu einer Liebenden.

Noch ein Beispiel. In unserer Kreiszeitung stehen öfter Artikel über unsere Lehrer, und darin ist vieles schlecht. Und dann müssen unsere Lehrer oder der Herr Direktor auch antworten und sagen, wie schlecht sie sind. Zum Beispiel, warum sie am Nachmittag nicht auf dem Acker waren oder warum sie am 1. Mai feiern wollen, statt am Nachmittag die Kinder zu betreuen, damit die Eltern feiern können, oder warum sie nicht jeden Tag zu einer Versammlung gehen und ob ein Lehrer etwas Besonderes ist.

Wenn sich unsere Lehrer einige Wochen mächtig angestrengt haben, dann müssen sie antworten, warum sie schon wieder

nicht auf dem Acker waren und ob Arbeit eine Schande ist. Wenn die Lehrer die Schande überwunden haben, dann müssen sie antworten, wer sich um die Pioniere und um den Hort am Nachmittag kümmert; und man muß das einmal ganz deutlich sagen. Auch können die Lehrer ruhig am Sonntag auf den Acker gehen.
Wenn aber der Tag des Lehrers kommt, dann sieht man in der Zeitung schöne Bilder, wo die Lehrer lachen; und es steht geschrieben, wie gut sie sind, und man muß ihnen dankbar sein. So macht der Tag des Lehrers manche Leute zu dankbaren Anhängern. Und es sind meist solche Meckerer, welche 364 Tage lang nicht wissen, wie schwer es ein Lehrer mit uns hat, zum Beispiel mit mir.

Jetzt will ich schreiben, warum der Tag des Lehrers auch ein Tag der Versöhnung ist. Zum Beispiel für uns Kinder. An diesem Tag haben unsere Lehrer ihre schönsten Kleider und Anzüge an und sind guter Laune. Auch Herr Luschmil und Fräulein Bella Kohl. Herr Luschmil macht sogar Witzchen und streichelt manchem Schüler über die Backen, die er sonst nicht leiden kann. Und die Stimme von Fräulein Bella Kohl ist an diesem Tag wie Honig. Auch gibt es keine schlechten Zensuren und Eintragungen, aber viele Blumen für unsere Lehrer. Sie sind entweder gekauft oder aus dem eigenen Garten oder aus anderen. Auch sagen unsere Lehrer dann meist, wie sie duften und leuchten, und ob wir sie riechen; und man muß sie gut pflegen, daß sie nicht so schnell verblühen. So sind unsere Lehrer am Tag des Lehrers mächtig aufgekratzt wie Vater und Mutter zu Silvester.
Auch bringen wir Kinder andere Geschenke dar, zum Beispiel selbstgelegte Eier von Wallys Mutter, was aber unser Herr Klassenlehrer nicht weiß, denn der soll denken, die Eier sind von allen Kindern. Oder wir schenken eine Schachtel Seife mit einer selbstgemalten Karte, auf der wir viel Erfolg wünschen. Auch bekommt Herr Burschelmann einige Zigarren, die wir uns vom Vater abgespart haben.
Man muß auch an die Kultur denken, und so schenken wir unserem Herrn Klassenlehrer jedes Jahr ein Buch. Wegen dieses Buches gibt es meistens mit den Mädchen Krach. Die Mädchen wollen immer einen Liebesroman schenken, weil unser Herr Klassenlehrer noch ein Junggeselle ist. Wir Knaben wollen unserem Herrn Klassenlehrer lieber einen Kriminalroman schenken, weil er dann besser lernt, wie man Übel-

täter findet. Zum Beispiel meinen Freund Harald und mich. Als wir nämlich eines schönen Nachmittags wieder einmal ganz alleine nachsitzen mußten und unser Herr Lehrer im Schulgarten mit einer anderen Klasse buddelte, da fragte mein Freund Harald, was wir jetzt machen. Ich sagte, man muß einmal die Türschilder auswechseln. Das von der Lehrertoilette an das Lehrerzimmer und umgekehrt. Wir machten uns gleich an die Arbeit, und es hat lange niemand etwas gemerkt, weil jeder die Türen in der Schule genau kennt. Deshalb muß man Kriminalromane lesen, um die Übeltäter leichter zu entdecken.

Wir haben uns aber mit den Mädchen geeinigt und ein Buch über Jiu-Jitsu gekauft, das man immer brauchen kann, als Junggeselle und auch, wenn man verheiratet ist. So hat uns der Tag des Lehrers sogar mit den Mädchen versöhnt.

Die schönste Überraschung zum Tag des Lehrers ist unsere Selbstverpflichtung, daß wir immer gut lernen und Disziplin halten wollen. Unsere Lehrer freuen sich darüber sehr und sagen, daß sie es kaum glauben können.

»Wenn die dem Jungen weiterhin Vieren und Fünfen geben, machste einfach nicht mehr mit im Elternaktiv.«

Eulenspiegeleien

Die Lehrer hatten an der Analphabetisierung teilgenommen.

Die Lehrerin fragt, was ein Trauerfall ist.
Der erste Schüler: »Wenn ich mein Portemonnaie verliere!«
»Nein«, sagt die Lehrerin. »Das nennt man einen Verlust.«
Der zweite Schüler: »Wenn der Sturm das Dach unseres Hauses beschädigt.«
»Auch nicht richtig, das nennt man einen Schaden.«
Der dritte meldet sich: »Ein Trauerfall ist, wenn Erich Honecker stirbt.«
»Jawohl, richtig«, sagt die Lehrerin, »das ist ein Trauerfall und kein Verlust und kein Schaden.«

LIEBE KINDER! WIR WÜNSCHEN EUCH VIEL SCHNEE UND ERLEBNISREICHE STUNDEN IN UNSEREM FILMTHEATER!

Für unser Internat in Bergen stellen wir aus der nichtberufstätigen Bevölkerung eine

pädagogische Nachtwache

ein. (Pädagogische Qualifizierung nicht erforderlich.)

35 Jahre schon als Lehrlinge im Wettbewerb

Aus diesem Anlaß Feierstunde bei der Handelsorganisation

Der Lehrer fordert: »Bildet einen Satz mit den beiden Substantiven Partei und Frieden!«
Fritzchen meldet sich: »Mein Vater sagt immer: ›Laß mich mit der Partei in Frieden.‹«

Johannes Conrad

Oh, ein Raum, so hell, so rein!

Kürzlich fragte mich Fritzchen, wie ich seine Mutter kennengelernt hätte. »Sind wir dabeigewesen?« rief Karlchen, der überall dabeigewesen sein will. Meine Frau verzog sich sofort in die Küche.

»Da wart ihr noch nicht da!« antwortete ich, um jede Diskussion im Keime zu ersticken.

»Wo waren wir da, als wir noch nicht da waren?« fragte Fritzchen. Und da mußte ich auch mal schnell hinaus. Fritzchen und Karlchen blickten mir gedankenvoll nach. Es sind eben zwei faustisch suchende Burschen, seit sie nun schon zwölf Wochen lang zur Schule gehen, philosophische Geister, welche tiefschürfende, das Sein betreffende Fragen stellen. Zahnlückig staunend stehen sie dem Anprall von Wissen gegenüber und taumeln an manchen Tagen wie Brechts Baal durch das Kinderzimmer, im Kopfe des Lebens Rausch und Fülle, hin und wieder einen Milchzahn fahren lassend. Es ist noch gar nicht lange her, da stammelten sie kindliche Fragen in mein Ohr: »Papa, ist morgen gestern oder heute?« oder: »Wenn man sich mit dem Messer schneidet, hat man dann einen abben Finger?«

Meine Söhne werden ganz bestimmt mal so was wie Einstein oder Picasso.

Manchmal verzweifelte ich bei solchen Fragen. Wie schwer war es doch für mich, eine Antwort zu finden, wenn Fritzchen mit aufgerissenen Augen brüllte: »Wieviel Mäuse gibt es?«, oder wenn Karlchen unschuldig rief: »Hat ein Elefantenrüssel zwei Löcher oder eins, Papa?« Nein, es war selbst mit acht Bänden »Meyers Neues Lexikon« nicht immer leicht, zwei Knaben im Vorschulalter den rechten Weg zu weisen.

Manchmal warf ich die acht Bände »Meyers Neues Lexikon« an die Wand und wußte nicht weiter. Aber es fand sich immer ein Ausweg. Selbst, wenn Karlchen fragte: »Haben wir da mit euch gespielt, Papa, als ihr noch klein wart?« Dann dachte ich: Wird die Schule die babylonischen Knoten in jenen Knabenköpfen entfitzen? »Na«, rief ich wohl in solchen Momenten, »wartet nur, meine Söhne, wenn ihr erst zur Schule geht, dann lernt ihr alles schön der Reihe nach, systematisch, biologisch, wissenschaftlich!« Dann blickten sie mich tiefsinnig an und verschwanden. Und fünf Minuten später erschienen sie wieder, und Fritzchen sprach ernst: »Wenn ein Schüler der Lehrerin

einen Vogel zeigt, und er sagt, es soll nur eine Maus sein, kriegt er dann entweder trotzdem eine schlechte Zensur oder entweder nicht?«
In solchen Situationen dachte ich zuweilen, wie leicht ich es doch mit den nun schon größeren Geschwistern der Zwillinge gehabt hatte. Annegret beispielsweise war schon mit sechs Jahren die beste im Schwimmen bei den Nichtschwimmern. Und Paul hat schon mit acht Jahren wie ein Besessener Flaschen gesammelt, am liebsten Brause- und Bierflaschen. Und Susi nahm bis zu ihrem neunten Lebensjahr geduldig an, die Griechen würden dauernd durch die Landschaft kriechen. Kluge, stille Kinder. Und dann bescherte uns das Leben diese beiden rasenden Reporter.
Sonntagmorgens beispielsweise wache ich nicht wie andere, normale Väter auf, sondern mich weckt ein intensiver Schmalzstullenduft. Ich schlage die Nase und die verquollenen Augen auf und blicke meinen beiden Söhnen ins putzmuntere, rosige Angesicht. Die Knaben glänzen wie Weihnachtsbäume bei der Bescherung. Ruhig atmen sie mich an. Sie müssen mich schon minutenlang schweigend betrachtet haben: zwei Kunstbesessene vor einem echten Picasso! Schlafend scheine ich eine faszinierende Wirkung auf Kinder auszuüben. Dann überläuft mich ein Schauer, und ich begrüße meine Söhne mit einem angerauhten: »Nanu?«
Jetzt, seit sie Schüler der Klasse 1 b sind, stehen ihre Fragen plötzlich auf qualifizierten Beinen. Am Samstag kamen sie mit hellgelben Nasen aus der Schule. Ich erschrak bis in die tiefste Seele, befürchtete schon, bei diesen vielen unfreundlichen Bazillen heutzutage wäre irgendeine ostasiatische Epidemie ausgebrochen. Da rief Fritzchen sehr empört und mit zitternden Lippen: »Wir haben einen Schüler in der Klasse, der hat Angst vor Schweinen, und Karlchen hat zu Frau Lehmichel gesagt, es gibt das Dreieck, aber auch das Rundeck!«
»Um Himmels willen«, rief ich, »was habt ihr denn für gelbe Nasen?«
»Wir haben einen gelben Kosmonauten auf blaues Papier gemalt!« antwortete Karlchen. »Und das Schreiben sollen wir auch noch üben.« Also haben wir etwas Schreiben geübt. Es ist schon eine Lust, wenn sich die Knaben im Schulfüller verkrampfen, als wollten sie ihr »Ei Susi« in Holz schneiden für unsere Nach-

Pioniertreffen 1982: Wir Jungpioniere halten Freundschaft mit den Kindern der Sowjetunion und aller Länder. (aus den »Geboten der Jungpioniere«)

kommen in tausend Jahren. Oft haben die armen Buchstaben Schüttelfrost und stehen da wie frierende Menschen bei Naßkälte an der Haltestelle. Und wieder ist mindestens ein Qualitätsschulfüller im Eimer. Dann fällt es auch einem vernünftigen Vater schwer, nicht am Leben und an den Schulfüllern zu verzweifeln.

Später trösten mich die Jungen beim Lautlesen. Karlchen beispielsweise buchstabiert die Wörter erst ganz leise, den zitternden Zeigefinger immer unter dem jeweiligen Buchstaben: »M–I–M–I.« Dann versucht er, die Buchstaben miteinander in einen logischen Zusammenhang zu bringen. Mehrmals flüstert er kaum hörbar und etwas zweifelnd: »Mihimihi? Miehmih? Mihmieh?« Und plötzlich ruft er mit krähender, leicht überschnappender Stimme: »Mmmiiimm-miii!« Eine Posaune des Triumphs. Mein Gott, er hat es! Eigentlich müßten in solchen Augenblicken die Autos auf den Straßen stehenbleiben, die stillen Rehe auf den Waldlichtungen ihre Lauscher spitzen und die Menschen »Hurra!« schreien.

Und der Pionierleiter rief durch ein Mikrophon »Pioniere, Achtung!«

Fritzchen hat die andere Methode. Er behauptet, Lesen sei »piepleicht«, und liest statt »Mimi an Leni« quäkend und selbstbewußt: »Mahmah ahn Lehnieh.«

Schließlich aber klappt es doch, und siehe da: Meine Söhne lesen. Welche ein Meter dreißig großen Wunder! Nach zwölf Wochen Schule können sie nun schon lesen wie Wolfgang Heinz. Sie lesen: »Unsere Sau soll allein sein« und »Alle lesen Ulme« und »Oh, ein Raum, so hell, so rein!« Es ist zwar nervenaufreibend, ehe solche bildschönen Sätze ans Licht der Welt gelangen, aber sie gelangen!

Und daß 8 kleiner als 9 und 6 größer als 5 ist, wissen die Teufelskerle auch schon! Sie wissen sogar schon, daß 3 auch a sein kann oder b! So gelangt immer mehr Klarheit in diese komplizierten Knabengehirne. Zu Hause schießen sie zwar noch oft wahnsinnige Purzelbäume und katapultieren Kaugummis an die Wohnzimmerdecke, aber sonst machen sie doch schon einen recht würdigen Eindruck.

Mit großer Rührung denke ich beispielsweise an jenen Tag, als sie in die Pionierorganisation aufgenommen wurden. Ich hatte zufällig frei und durfte mit. Da standen sie nun alle in einer Reihe, die neu eingeschulten blanknasigen Knaben und Mädchen, die Pioniere werden sollten, Zwerge und Riesinnen, Fritzchen und Karlchen blaß unter ihnen. Zuerst kam der Fahnenappell. Der Träger der ersten Fahne wälzte heimlich einen Kaugummi in die Backentasche. Und der Pionierleiter rief den in der zweiten Reihe aufgestellten größeren Knaben und Mädchen, welche die Dokumente und Halstücher überreichen sollten, durch ein Mikrophon »Pioniere, Achtung!« zu. Plötzlich standen in der ersten Reihe Karlchen und Fritzchen mutterseelenallein, etwas schief vielleicht, eher Fragezeichen ähnlich in ihrer bleichen Entschlossenheit, aber sie standen, Hände an der Hosennaht, stramm, obwohl sie das noch nie geübt hatten. So entwickelt sich der Mensch.

Nun, heutzutage sollen ja manche Eltern schon kurz nach der Einschulung den Klassenlehrer besuchen, um mit diesem über den Beruf ihres geliebten Kindes zu diskutieren. Und wenn die Rede auf die langen Jahre und auch auf Möglichkeiten wie Lokomotivführer oder Grünanlagenfacharbeiter kommt, dann lachen solche Eltern leicht pikiert und stellen sich ihren eben eingeschulten Sohn als großen Gynäkologen oder künftigen Physikprofessor vor. Und das Fräulein Tochter, welches eben mühsam »Ach, hier sehe ich noch Loni« buchstabiert, wird Mitglied der Akademie der Künste, nicht wahr, und dreifacher Nationalpreisträger.

»Und was ist das, Jungpionier?«

Doch meine Söhne mit den hellgelben Kosmonautennasen, welche eben, die Hosen in den Kniekehlen, mit lispelnden Stimmen und feuerroten Köpfen diskutieren, ob Goldfische trotz des Wassers lachen können, meine Söhne werden ganz bestimmt mal so was wie Einstein oder Picasso! Wenn nicht noch mehr! Gleich morgen werde ich in ihrem Namen Bewerbungen an die hiesigen Hochschulen und Universitäten schicken. Und sollte es nicht hinhauen, dann werden sie eben Schornsteinfeger. Das ist vielleicht noch schöner.

Peter Ensikat

Disziplin!

In Dankbarkeit gewidmet der vermutlich unbekannt bleiben wollenden Verkäuferin im einzigen Spielwarenladen auf der Berliner Straße in Berlin Hohenschönhausen.

Neulich hat mein Sohn eine Eintragung in sein Hausaufgabenheft bekommen. So was bekommt er öfter, er ist gesund und munter. Aber die Eintragung, von der ich hier spreche, bekam er nicht in der Schule und nicht von einem seiner armen Lehrer. Er bekam sie im Spielzeugladen von einer dort amtierenden Verkäuferin. Er hatte nämlich an einem eben gekauften Spielzeug bemängelt, daß es nicht funktionierte.
So ungehöriges Betragen muß natürlich bestraft werden. Wo kämen wir hin, wenn schon unsere Kinder Qualität verlangen dürften? Die Verkäuferin verlangte also folgerichtig das Hausaufgabenheft des Querulanten und schrieb mit amtlichem Kugelschreiber hinein: »David benimmt sich im Spielzeugladen unmöglich.« Unterschrift, kein Stempel, nur die dringende Aufforderung, diese Eintragung seinem Schuldirektor vorzulegen. Dann durfte mein Sohn den Ort seines Vergehens ungehindert verlassen.

Ungehöriges Betragen muß bestraft werden. Wo kämen wir hin, wenn schon unsere Kinder Qualität verlangen dürften?

Leider ist ihm wohl der Ernst unseres Lebens trotz seiner zwölf Jahre noch nicht ganz klar. Denn er lachte, als er mir die Eintragung zeigte, und meinte sogar, die Verkäuferin müßte ja wohl einen ... Soweit der konkrete Fall.
Lasset uns nun zur totalen Verallgemeinerung schreiten. Hat nicht die Verkäuferin eine herrliche Möglichkeit der Disziplinierung unseres Handelslebens entdeckt? Man brauchte doch nur jedem unserer Bürger so ein Hausaufgabenheft oder sagen wir besser: Führungsheft in die Hand zu geben, das der Verkäuferin auf Verlangen vorzulegen ist, auf daß sie Lob oder Tadel an ihre Kunden verteile.
Endlich entschiede die Verkäuferin dann nicht mehr nur darüber, was sie wem verkauft, endlich hätte sie ein Mittel in der Hand, für Ruhe und Disziplin in ihrem überfüllten Laden zu sorgen. Dem Kunden stünde dann wirklich nur noch das Wort zu, wenn die Verkäuferin es an ihn richtet. Ja, man könnte die Sache erweitern auf jede Pförtnerloge, jedes Restaurant, jede Amtsstube, überall da wären die Führungshefte vorzulegen, wo unsere Bürger zu unmöglichem Verhalten neigen.

Wie freundlich würde dann endlich der Umgangston vor dem einzigen besetzten Schalter in unseren tausend Postämtern. Wer meckert, hat einfach sein Führungsheft vorzulegen. Für leises Murren einfache Eintragung, lautes Meckern – Tadel, Versuch der Beschwerde oder gar Aufwiegelung der noch ruhig Abwartenden – Verweis, und das nicht etwa nur aus dem Postamt, nein, der Verweis könnte gleichbedeutend sein mit einem Verweis aus unserem öffentlichen Handels-, Gaststätten- und Ämterleben. Unsere Bürger würden überall da, wo sie heute noch meckernd anstehen, nicht nur freundlicher stehen, sie würden vermutlich auch kürzer stehen, da schon bald nicht mehr jeder die Ansteherlaubnis hätte. Nur die Besten dürften auf Dauer noch anstehen.

Ein Spatz überfliegt die DDR. »Oh, ein prima Land«, zwitschert er, »überall der Wurm drin.«

Um die Sache zu vereinfachen, könnte man die Tadel auch in Form von Stempeln verteilen, wie es unsere Verkehrspolizei ja mit einigem Erfolg praktiziert. Fünf Stempel – Entzug der Einkaufserlaubnis!

Ausländische Besucher, die aus ihren Heimatländern so eine feine Ordnung und Disziplin nicht kennen, bekämen mit dem Visum einen Berechtigungsschein. Fünf Stempel würden die sofortige Ausweisung nach sich ziehen. Wer unseren Kellnern nicht freundlich entgegenkommt, unsere Verkäuferinnen nicht dankbar anlächelt, unseren Pförtnern nicht die gebührende Achtung für ihr schweres Einlaßamt entgegenbringt, hat einfach keinen Anspruch darauf, mit ihnen überhaupt in Kontakt zu kommen.

»Wenn du nicht artig bist, stecken wir dich in den Keller!«

»Um Himmels willen, das sind ja völlig veraltete Erziehungsmethoden!«

»Wenn du nicht artig bist, stecken wir dich in den Hort!«

Jochen Petersdorf

Immer wieder sonntags

Viele sind mit dem Ball unten. Kleine Bälle, große Bälle, echte Fußbälle – schöne Bälle. Viele haben Roller. Große Roller. Luftbereift, Chrom, gepolsterter Sitz – schöne Roller.
Andere haben Fahrräder, Kinderräder, Jugendräder – schöne Räder, teure Räder.
Andere spielen einfach so. Klettergerüst, Rutsche, Wippe, Sand. Oder alte Kisten, Kabelreste, Baubudenruine. Und rundherum viele Häuser. Große Häuser, neue Häuser.
Dazwischen eine Schule, ein Kindergarten, eine Krippe. Alles neu. Dort sind sie in der Woche.
Von morgens bis abends. Gut aufgehoben. Bei fremden Leuten. Die sie unterrichten, mit ihnen spielen, sie loben oder tadeln. Erziehen. Heute ist Sonntag. Da sind sie unten. Bis gegen zwölf, halb eins, oder eins. Dann gibt's Mittagessen. Da sind sie oben. Nach dem Essen sind sie wieder unten. Bis zum Abend. Viele bis zum späten Abend. Aber manche waren auch zwischendurch mal spazieren.
So: »Mußt du denn mitten durch die Pfütze latschen?!«
»Schakkeline, dein neues Kleid! Altes Ferkel!«

»Meihhk! Wennste nich sofort von den Ast runterkommst, kriste eene jelatscht!«
Klatsch.
»Hier kannste jetzt nich pullern! Kannste det nich zu Hause machen, verflucht noch mahh!«
Aber das sind nur einige.
Die anderen haben's besser.
Die gehn nicht spazieren.
Die sind unten. Und spielen.
Mit dem Ball, mit Sand, mit der hölzernen Maschinenpistole, mit dem Freund und mit sich selbst.
Die Eltern sind oben.
Sehn fern, rauchen, lesen die Zeitung oder studieren sie, kleben Kacheltapete in die Küche oder ins Bad, trinken ein bißchen, halten Mittagsschlaf, haben Besuch – haben Sonntag. Machen Sonntag.
»Thomas, jehn wa zu dir oben mit die Indianers spielen?«
»Jeht nich. Meene Alten schlafen.«
Die Alten.
Wie alt sind die eigentlich schon?
Oder – noch?

4. Kapitel

Was des Volkes Hände schaffen

Wir Werktätigen in Stadt und Land

In den achtziger Jahren ist die DDR das Land mit dem **Welthöchststand an Frauenbeschäftigung**. Der X. Parteitag der SED 1981 meldet erfüllte Pläne und unterstreicht die **Effektivität der Volkswirtschaft.** Die Kabarettisten der Dresdner Herkuleskeule – und nicht nur sie – fragen, welcher Preis für welche Produktionsleistung gezahlt wird, und halten dagegen: »fliegt von Land zu Bruderland unser sozialistischer Ruß, reih dich ein, daß von Bäumen wir den Wald befrein«. Das sind neue, harte Töne, und so wollen die Genossen die **konstruktive Kritik**, die sie sich von den Humoristen und Satirikern wünschen, eigentlich nicht verstanden wissen. Wolfgang Schaller sieht sich das Treiben **der Schaumschläger im VEB Schlagfit** an und parodiert die sich nur noch in Ritualen manifestierende **sozialistische Arbeits- und Lebensweise.** Und wer in John Staves Geschichte der geschickten Argumentation über die Vermeidung von illegalen Produktionsausfällen folgt, wird verstehen, warum immer und überall vom ständigen Ringen unserer Werktätigen um die Erhöhung der Arbeitsproduktivität die Rede war. Doch schließlich wußte jeder **unserer Werktätigen,** wie man den Meckerern den Daumen zeigte.

John Stave

Rose sprach, ich breche dich!

Eine unproduktive Geschichte

Als sich die Tür unseres Stammrestaurants zu dieser frühen Morgenstunde öffnete, blickten wir mürrisch von unserem gemütlichen Macketrudeln auf. Eine Gruppe von vier Männern in Maurerkleidung war mit Getöse eingetreten.
Sie drapierten sich um einen Tisch, der in der nächsten Nähe unserer Trudelecke stand. Die Serviererin entfernte fürsorglich die Tischdecke und fragte die Herren nach ihren Wünschen. Wir trudelten weiter.
Es war elf Uhr vormittags. Sie stritten über die Arbeitsorganisation auf ihrer Baustelle. Der Brigadier, den sie abwechselnd Pfeife, Hornochse, Nalle, Scheißkopp, Blödmann, Arsch und Idiot nannten, bekam die Schuld. Er saß mit am Tisch und sagte immer nur »Ja, ja« und »Nee, nee«. Sie forderten ihn des öfteren kameradschaftlich auf, seine Meinung zu äußern. Etwa so: »Du alter Hornochse, nu sage du ooch mal wat!«
Daraufhin sagte der alte Hornochse gemütlich: »Vier Norm, vier Pils!« Hinterher wurde ihm von seinen Brigademitgliedern und Freunden geboten, nun wieder die Schnauze zu halten.
Wir müssen zugeben, daß der geordnete Ablauf unseres Mackespiels unter diesem unsalonfähigen Benehmen der vier bezeichneten Gäste empfindlich litt. Auch als um die Mittagszeit Verstärkung anrückte und wir zu viert und streckenweise auch zu fünft stukten, wollte keine richtige Spielfreude aufkommen. Nur einmal, es muß gegen viertel drei gewesen sein, konnten wir – inzwischen wieder auf zwei Mann zusammengeschrumpft – ein ruhiges Spielchen absolvieren: Die Brigade war geschlossen zur Toilette gezogen, wo sie ihren erregten Disput weiterführte.
Wieder am Tisch angelangt, begab sich ein Brigademitglied namens Willi sofort zur Ruhe. Nun war die große Stunde des Brigadiers gekommen, der heitere Teil gewissermaßen. Und so vermittelte der Brigadier seinem jüngsten Brigademitglied einige wertvolle Lebenserfahrungen.
Um drei zerschellte das erste Bierglas auf dem Boden der Lokalität, eine Tatsache, die den Gastwirt aus seiner Schlummerecke hervorschnellen ließ. »Meine Herren«, rief er streng, »ich kann mir doch neue Gläser nicht ständig aus dem Ärmel schütteln!« Die Erbauer unserer Stadt indessen nahmen die Angelegenheit von der humoristischen Seite. Der Scheißer von Wirt

»Na denn eben nicht. Feiern wir eben ohne ihn seinen Einstand weiter!«

sollte sich man nicht so haben! Sie luden ihn ein. Er dankte. Obwohl sie alles bezahlen wollten!
Wir hatten unseren Trudelbecher an den Nagel gehängt.
Es ging auf dreiviertel vier zu, da schritt die Brigade zum Chorgesang. Selbst der um halb drei sanft Entschlafene stellte seine rauhe Kehle zur Verfügung. Man sang: »Entchen von Tharau« und »Weißt du, Mutterl, was i träumt hab?«
Das jüngste Brigademitglied fing vor Rührung an zu heulen, was die anderen drei zu neuen Gesängen anspornte.
»Nu mal wat Modernet!« krähte der Jüngling, der sich inzwischen gefaßt und mit einem doppelten Boone gestärkt hatte: »Hee, hee, Bossanowwa? Baby, hee, hee!« Dann ward ihm schlecht, und er verließ fluchtartig das Lokal.
Punkt vier zahlten der mit dem Hut ohne Krempe, dessen Repertoire sich in den Aussprüchen »Alles Penner!«, »Alles Beschiß!« und »Alles Mist!« erschöpft hatte, und der Brigadier – und wankten von dannen. Aber Willi nicht. Willi blieb. Willi war ja ausgeruht! Er hatte ja ein reichliches Stündchen gekokst.
Willi gab noch ein Liedchen zum besten, trank noch ein, zwei, drei doppelte Gläschen, und dann erst fiel er mit dem Tischchen um. Unten angekommen, sang er noch eine Zeile des schönen Liedes »Rose sprach, ich breche dich!« Anschließend war er still. Wir wollten schon wieder mit dem Trudeln beginnen, aber nun zerrten der Wirt und die Kellnerin Willi unter gewaltiger Kraftanstrengung unter dem Tisch hervor. »Jetz zahln Sie mal«, sagte die Kellnerin, »und dann rasch zu Hause bei Muttern!« Willi öffnete die Augen. »Vornehme Leute«, sagte er mit Abscheu in der Stimme. »Feines Pack! Naja, is ja immer desselbe. Wir sind hier in den feudalen Stall nich jerne jesehn!« Er holte einen Zwanzigmarkschein aus der Arbeitsjacke und reichte ihn der Serviererin. Dann zog er sich langsam am Schlips des Wirtes in die Höhe und stand ihm plötzlich Angesicht zu Angesicht gegenüber. »Weil wir bloß Arbeiter sind!« schleuderte er ihm zum Abschied entgegen.
Als Willi endlich gegangen war, mußten wir doch sehr lachen. »Sitzen den ganzen Tag in der Kneipe herum«, sagte ich, »und nennen sich Arbeiter!«
Wir trudelten weiter, und ich möchte geübten Leserbriefschreibern gleich das Heft aus der Hand schlagen, falls sie die Frage aufwerfen sollten, was wir denn den ganzen Tag anderes getan hätten als Saufen und Trudeln?
Erstens haben wir uns an diesem Tag nicht als Arbeiter bezeichnet! Zweitens hatte die Sache mit uns ihre Ordnung: Wir haben keinen illegalen Produktionsausfall verursacht. Wir waren nämlich krank geschrieben.

Wolfgang Schaller

Die Schaumschläger des VEB Schlagfix ehren Lenin

(Nach dem Gedicht von Bertolt Brecht »Die Teppichweber von Kujan-Bulak ehren Lenin«)

In ein paar Jahren wird gefeiert werden
wieder ein Geburtstag des Genossen Lenin.
Auf riefen die Schaumschläger des VEB Schlagfix,
damit man nicht den Anlaß vergesse,
gewarnt durch manch andere Schlamperei,
heut schon zu decken den Gabentisch.
Und es beschließen die Leute an den Maschinen,
fleißige Leute, fixer zu schlagen das Schlagfix,
Lenin zu Ehren.

Und der Oberschläger liest die Verpflichtung, die kurze,
prägnante, und freut sich. Aber er sieht auch:
Da fehlt die Präambel! Und er erklärt den
fleißigen Leuten, daß Schlagschaum allein nicht genüge,
man müsse auch Schaum schlagen. Und also
schreiben sie die Präambel ab von älterer Vorlage,
austauschend den Namen Pieck gegen Lenin.
Und sie mußten sich auch noch verpflichten,
die Pflanzen zu gießen am Arbeitsplatz,
obwohl sie gar keine hatten, und pünktlich zu betreten
die Sahnefabrik, obwohl sie's bisher immer taten.
Auch neuerte mit Erfolg eine Frauenbrigade.
Doch da am wichtigsten ist nicht die Neuerung, sondern
die Beteiligung aufgeschlüsselt prozentual
nach Alter und Geschlecht, und da sich bei den Frauen
das andere Geschlecht nicht finden ließ
trotz gründlicher Untersuchung
fingen sie sich einen Mann von der Straße, Lenin zu Ehren.

Nun war nur noch zu schreiben ein
persönlichschöpferischer Plan und ein
kollektivschöpferischer Plan und ein
Kultur und Bildungsplan und ein

Patenschaftsvertrag und ein
Haushaltsbuchwettbewerb, und es galt
nur noch zu kämpfen um den Staatstitel und um den
Betrieb der ausgezeichneten Qualitätsarbeit und um den
Betrieb der ausgezeichneten Ordnung und Sicherheit.
Und um auch zu kämpfen ums Kollektiv der
Deutsch-Sowjetischen Freundschaft, fehlte
ihnen ein Mitglied zu hundert Prozent. Und sie
agitierten so lange Irina Galowna,
sowjetische Staatsbürgerin, eingeheiratet und
nun Mitglied der Brigade, bis diese
beitrat der DSF und fortan war
ihr eigener Freund.
Nun mußten die fleißigen Leute nur noch einen werben
für die freiwillige Zusatzrente.
Und sie taten auch dies,
stopften dem Zögernden Schlagfix ins Maul,
daß er nicht laut protestieren konnte,
Lenin zu Ehren.

Zwar nun Sieger im Wettbewerb, waren sie doch
vor lauter Berichten, Papiere schreiben, Ausgewerte
und Punktegesammle zum Arbeiten nicht mehr gekommen.

So schlugen sie Schaum, indem sie den
Schaum zu schlagen vergaßen, und ehrten Lenin,
indem sie keinem nützten. Und hatten ihn also
nicht verstanden.

Das neue Parteistatut hat nur noch zwei Paragraphen. § 1: Die Partei hat immer recht. § 2: In allen anderen Fällen tritt § 1 in Kraft.

»Muß noch liegen, dieser Jahrgang ist noch zu jung.«

Eulenspiegeleien

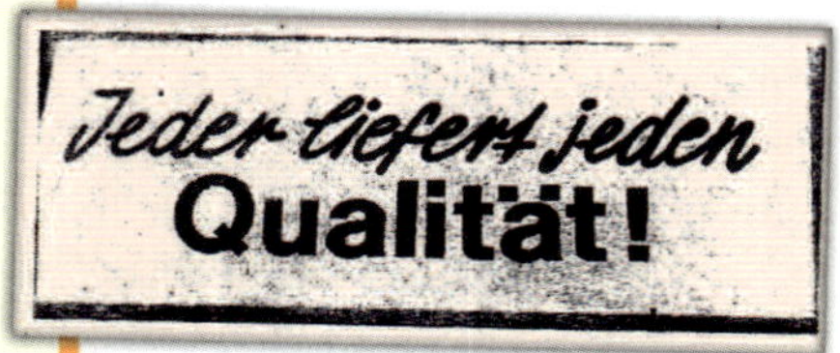

Erich Honecker erkundigt sich bei Günter Mittag nach der Höhe der Ausschuß-Produktion.
»Nur acht Prozent«, sagt Mittag stolz.
»Aber reicht denn das zur Versorgung unserer Bevölkerung?«

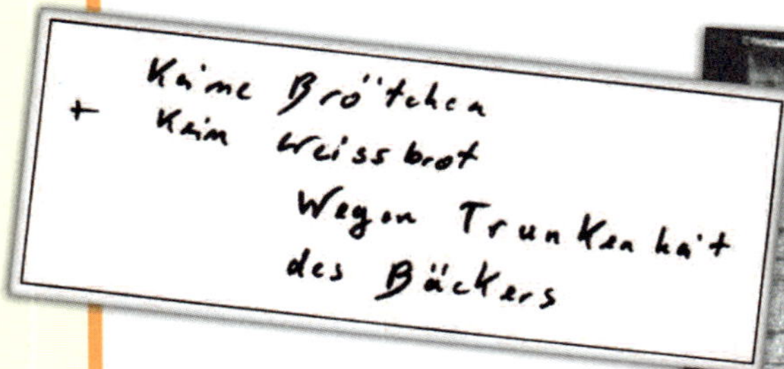

Breshnew und Honecker unterhalten sich über die Probleme der Warenverteilung.
Breshnew sagt: »Die Verteilung der Waren erfolgt bei uns nach streng wissenschaftlichen Grundsätzen der Planwirtschaft: Zum Beispiel Gebiet Moskau 14 Prozent, Gebiet Leningrad 13 Prozent, Ural 10 Prozent usw.«
»Das ist bei uns einfacher«, antwortet Honecker, »wir schaffen alles nach Berlin, und von dort holt sich's jeder ab.«

Achtung, Sauenhalter!

Mein staatlich anerkannter Eber deckt täglich
von 10.00–12.00 Uhr und
von 17.00–19.00 Uhr
nur im Kreis Bad Freienwalde. Vorherige Anmeldung erwünscht.

»Na, Bürger, in wieviel Teile zerfällt denn ein Fahrrad?«
»Kommt ganz darauf an, welche Fachkraft es zusammengebaut hat.«

Lothar Kusche

Leben mit Gasmännern

Seit unserem ersten schriftlichen Antrag beim Wohnungsamt waren nur wenige Jahre vergangen, wir hatten höchstens drei- bis vierhundert weitere Gesuche (unterstützt durch Empfehlungsschreiben verschiedener Verbände, Betriebe, Massenorganisationen und Nobelpreisträger) an Bezirksämter, Stadträte, Ministerien, Komitees, Intendanzen, Würdenträger aller Art (kirchliche ausgenommen), Einrichtungen des Rates der gegenseitigen Wirtschaftshilfe (RGW) und so weiter gerichtet, und schon wurde uns die neue Wohnung zugewiesen.
Wunderbarer Grund zur Freude indes war uns nicht nur die neue Wohnung schlechthin, sondern auch der für uns ungewohnte, abenteuerliche Umstand, daß darin ein Gasanschluß existierte, uns somit die Möglichkeit eröffnet war, künftig in der Backröhre des bereits aufgestellten Herdes große Braten zu schmoren, Kuchen herzustellen oder kleine, magere Hühnchen bis zur Unkenntlichkeit verbrennen zu lassen. Noch war der Gasanschluß freilich plombiert, die Energiequelle spendete noch keine Energie, das Gas ruhte noch gebändigt ihm Rohr, und sehnsüchtig erwarteten wir die Ankunft der Gasmänner, die uns die wunderbare neue Kraft erschließen sollten. Diese freilich ließen auf sich warten.

Es gehört zu den schönsten Erlebnissen meines Lebens, daß es uns gelang, die Klempner bereits nach einer Woche in unsere Wohnung zu locken.

Da wir in der Produktion von Eingaben durchaus geübt waren, fiel es uns nicht sonderlich schwer, alle möglichen zuständigen und nichtzuständigen Stellen mit dringlichen Redensarten auf erlesenem Schreibpapier zu bombardieren. Ein besonders fein formulierter Antrag, den ich an den Stellvertreter des Staatssekretärs für Ballonwesen, Gase und Abgase richtete, brachte den gewünschten Erfolg. Ein kleines grünes Auto fuhr vor, zwei freundliche Männer mittleren Alters in blauen Arbeitsanzügen kletterten heraus und begannen die Rohrleitungen diesseits des plombierten Gasanschlusses daraufhin zu überprüfen, ob sie dicht hielten; aber leider hielten sie nicht dicht.
»Da müssen noch mal die Klempner her«, sagte der eine der beiden Gasmänner, der etwas größer und viel dicker war als der andere, »rufen Sie mal die Klempner an. Sobald die alles dicht gemacht haben, kommen wir mit dem Zähler, und dann kann das Kaffeekochen losgehen.« Nichtsdestoweniger tranken wir

sogleich etwas Kaffee, den meine Frau mit Hilfe von Elektroenergie zubereitete. Dann fuhren die Gasmänner mit ihrem kleinen grünen Auto wieder fort.

Es gehört zu den schönsten Erlebnissen meines Lebens, daß es uns gelang, die Klempner bereits nach einer Woche in unsere Wohnung zu locken, was allerdings nur möglich war, weil meine Frau einen Vetter hat, dessen Schwiegervater vor Jahren die Absicht hatte, sich im Thüringer Wald ein Ferienhäuschen zu bauen, bei welcher Gelegenheit er einen Bienenzüchter kennenlernte, dessen Tochter mit der Sekretärin eines gewissen Hollack befreundet ist; dieser Hollack aber, Diplomingenieur und Chefkonstrukteur eines Betriebes, über dessen Produktion ich hier aus bestimmten Gründen nichts Näheres sagen möchte, hatte gelegentlich eines Bierabends mit dem Chef der für uns zuständigen Handwerkskammer eine Wette darüber abgeschlossen, wer von beiden mehr Salzbrezeln hintereinander essen könne. Hollack hatte die Wette gewonnen (sechsundzwanzig Beutel Salzbrezeln) und daher einen Wunsch bei dem Herrn von der Handwerkskammer frei, den er mir freundlicherweise übereignete. Der Verlierer der Brezelwette war ein Ehrenmann; er arrangierte es sofort, daß die Klempner kamen und die Gasrohre vorschriftsmäßig abdichteten. Als dies erledigt war, verständigte ich die Gasmänner. Sie kamen mit ihrem kleinen grünen Auto, walteten ihres Amtes und dann kochten wir unseren ersten Kaffee auf dem Gasherd. »Schmeckt doch ganz anders«, sagte der große, dicke Gasmann mit Namen Peltzmark. Sein Kollege hieß Wibursch. Herr Peltzmark und Herr Wibursch waren sehr nette Leute, die sich mit uns gemeinsam über die Inbetriebnahme des Gasanschlusses richtig freuten. Aber natürlich konnten sie nicht den ganzen Tag bei uns herumsitzen und Kaffee trinken, und so nahmen wir bald Abschied voneinander.

Beim nächsten Besuch der Gasmänner trank ich mit ihnen Brüderschaft.

Durch die Existenz des Gasherdes wurde unser Haushalt ungemein belebt: Wir buken und brieten, kochten und schmorten, grillten und dunsteten in jeder freien Minute. Ich erlernte die Anfangsgründe der Kochkunst und nahm innerhalb von drei Wochen acht Pfund zu, was insofern unerheblich war, als ich ohnehin seit Jahren an Übergewicht leide.

An unsere vor Wochen ausgesandten Antragsschreiben und Bittbriefe dachten wir in jener kochlustigen Periode der Gasomanie schon längst nicht mehr. Doch eines Tages fuhr das kleine grüne Auto vor, die Herren Peltzmark und Wibursch klet-

terten mit ihrem Werkzeugkasten heraus, und Herr Peltzmark sagte: »Sind Sie Herr Knoscheck? Wir sollen hier das Gas anschließen!«
»Aber Herr Peltzmark!« rief ich, »das haben Sie doch schon vor vierzehn Tagen besorgt!«
»Siehst du, Egon«, bemerkte Herr Wibursch, »ich habe das Haus doch gleich wiedererkannt!«
»Na so was!« sagte Egon Peltzmark, »aber wir haben einen Auftragsschein! Das Amt für gesunde Ernährung hat nämlich in unserem Büro angerufen und Beschwerde eingelegt, weil Herr Knoscheck ohne Gas nicht leben könne und so weiter.«
Ich tröstete die pflichtbewußten Gasmänner und bot ihnen eine Erfrischung an, dann fuhren sie mit ihrem kleinen grünen Auto wieder fort.
Sechs Tage später waren sie aufs neue bei uns. »Guten Morgen, Herr Knoscheck«, sagte Herr Peltzmark, »wir haben den Auftrag, bei Ihnen das Gas, mit dem Sie schon seit einigen Wochen kochen, anzuschließen. Das Komitee für Säuglingshygiene hat sich nämlich diesmal Ihrer Angelegenheit angenommen.«
»Wie schön«, sagte ich, »obwohl wir ja noch keinen Säugling haben. Wie wäre es mit einem Gläschen Apfelsaft? Selbstgekocht. Auf Gas!« Da sagten sie nicht nein. Und als ich mich mit einem herzlichen »Auf Wiedersehen« verabschiedete, orakelte Herr Wibursch: »Wer weiß!«
In der folgenden Woche kamen die Gasmänner mit ihrem kleinen grünen Auto zweimal zu uns, immer mit einem ordnungsgemäßen Auftragsschein in den Händen. Das Büro der Gaswerke hatte erstens einen Hinweis vom Sekretariat der Nationalen Front und zweitens einen Brief vom Künstlerischen Betriebsbüro des Volkstheaters bekommen, dessen Intendant bekanntlich ein sehr einflußreicher Mann ist; er wollte mich wohl dafür entschädigen, daß er meine Dramen immer ablehnt, weil bei ihm ein Dramaturg tätig ist, der das Repertoire selber schreibt.
Beim nächsten Besuch der Gasmänner trank ich mit ihnen Brüderschaft; Herr Wibursch hieß mit Vornamen Josef. »Paßt auf, Freunde«, sagte ich, »wenn Ihr wieder mal kommt, rich-

»Heute ist Sprechtag, na schön, aber ich erinnere mich nicht, daß ich Sie sprechen wollte.«

tet es so ein, daß Ihr kurz vor Feierabend hier seid. Dann können wir zusammen ein bißchen Skat spielen.« Und das taten wir auch, nachdem der Sonderbeauftragte des Forschungsinstituts für moderne Einbauküchen persönlich den Direktor der Gaswerke wegen unserer Sache gerügt hatte. Auch der Artikel »Sozialismus ohne Gasherd?« in der Rubrik »Otto gibt seinen Senf dazu« unseres Abendblattes blieb nicht ohne Wirkung: Egon und Josef kamen mit ihrem kleinen grünen Auto. Wir wurden gute Freunde.

Im Lauf des Jahres kam das kleine grüne Auto immer häufiger, und zwar auf unmittelbare oder mittelbare Veranlassung des Rostocker Fischkochs, des Zentralbüros für Energieeinsparung, der Reichsbahndirektion Dresden, des Berliner Kabaretts »Die Distel« (das unserem Problem einen amüsanten Sketch unter dem Titel »Glück und Gas – wie leicht bricht das« gewidmet hatte), der Staatlichen Bauaufsicht, des bekannten italienischen Schauspielers Vittorio Gassman, der Freiwilligen Feuerwehr, der Gesellschaft zur Verbreitung energiewissenschaftlicher Kenntnisse und des Tierparks Berlin. Ich kann mich nicht mehr genau daran erinnern, welche sonstigen Ämter und Personen unseren Gasanschluß protegierten, und ich habe auch die Durchschläge unserer Gesuche verbummelt; aber es waren sehr viele Leute und Institutionen, die das kleine grüne Auto in Fahrt brachten, und als Egon und Josef zum hundertsten Male mit ihrem Auftragsschein zu uns kamen, gaben wir ein kleines Fest.

Der Artikel: Sozialismus ohne Gasherd? in unserem Abendblatt blieb nicht ohne Wirkung.

»Siehst du, Knoscheck«, sagte Josef, als ich sie gegen Mitternacht zum Bahnhof brachte, »da sagt man immer: nichts klappt. Dabei klappt doch allerhand!«

»Eben, eben«, fügte Egon hinzu, »auch wenn es manchmal ein bißchen lange dauert.«

Von da an kamen unsere Freunde immer seltener, und eines Tages blieben sie ganz aus, denn inzwischen waren andere wichtige Angelegenheiten in den Mittelpunkt des öffentlichen Interesses gerückt. Auch konnten wir uns nicht beklagen, da wir unseren Gasanschluß ja seit langem hatten. Aber die Zeit mit den Gasmännern war eine schöne Zeit, und die Erinnerung daran wird uns in unserem Leben niemals verlassen.

Matthias Biskupek

Karger Bericht zum Neuerfritz

Wenn im Betrieb des Neuerfritz die Vierklangfanfare, das melodiöse Pausensignal, ertönt, stellt Neuerfritz seine Maschine mit leicht bedauerndem Knopfdruck ab. Er liest aufmerksam die grafisch gestalteten Pausenzeiten durch, die in geschmackvollem Volkskunstrahmen einen belebenden Fleck in der getünchten Wand darstellen. Sodann tritt er zum Waschbecken und reinigt sich die Hände, die keinerlei Schmutzspuren aufweisen.

In der Kantine tritt er in die freudig bewegte Reihe der Wartenden und erklärt dem vor ihm Stehenden, daß er stets gern aufrecht hier stehe, da das Gefühl der unauslöschlichen Verbundenheit mit seinem Werkkollektiv dadurch tief geprägt werde. Als er vor dem hübschen Verkaufsausschnitt der hübschen Kantinenkraft steht, lächelt er hübsch und fragt, ob Käsebrötchen vorrätig seien. Freundlich wird ihm das zeitweilige Abhandensein von Käsebrötchen erläutert, worauf Neuerfritz verständnisinnig mit dem Kopf nickt und standhaft seine Zustimmung dazu erklärt – ungeachtet der Beifallskundgebungen ringsum –, daß unser Staat bei der gegenwärtig komplizierten Weltmarktlage die Käsebrötchen exportiere. Zudem komme dies einer Verbesserung unserer ungesunden Eßgewohnheiten zugute. So läßt er sich Vollkornbrot mit Kräuterquark-Aufstrich geben und ein Schüsselchen mit zart gewürztem Weißkohlsalat. Dazu packt er eine Flasche mit etwas sauer gewordener Milch – was er als wirtschaftlich notwendig und gesundheitsfördernd empfindet –, packt also die Milch frohgemut beim Kragen und schreitet unter aufrichtigen Grüßen nach allen Seiten durch den anheimelnd gestalteten Pausenraum, der ihm während dieser kurzen Sekunden bereits und erneut zum Erlebnisbereich wird.

Am Tisch seiner Brigade sich niederlassend, empfängt er herzliche Wünsche aller Brigademitglieder, seinen Appetit betreffend, wofür er mit einem kurzen, aber inhaltsreichen Wort dankt. Sodann achtet er gemeinsam mit allen darauf, daß kein Zigarettenrest sich in Tischnähe befindet, denn alle ohne Ausnahme führen einen zähen Kampf gegen die Raucher der Brigade.

Soeben wird am Tisch über die letzte Tagung des Landwirtschaftsrates diskutiert. Einmütig ist man der Meinung, daß die in der Presse abgedruckte Mitteilung eine klare Diskussionsgrundlage abgebe, und in diesem wie in jedem anderen Punkte stimmen die Brigademitglieder einander vollinhaltlich zu.

Neuerfritz macht sich einige Notizen zum Gehörten und bringt sodann spontan das Aufgeschriebene zu Gehör. Er befürwortet eine spontane Initiative, die genau abgestimmt wurde und nicht von einem einzelnen oder einer Brigade ausgehen soll, sondern spontan vom gesamten Werkskollektiv oder, noch besser, vom gesamten Industriezweig. In dieser wie in jeder anderen Streitfrage sind sich die Mitglieder des Tischkollektivs erneut aufrichtig einig. Vollkommen einverstanden sind auch die anderen Werksangehörigen, die jedoch den Inhalt der soeben verlesenen Mitteilung des Neuerfritz zur Mitteilung des Landwirtschaftsrates noch nicht kennen können, da sie sich eben erst spontan verbreitet.

Wenige Minuten vor Ablauf der Pausenzeit erheben sich die Brigademitglieder, wünschen sich einen weiteren erfolgreichen Verlauf des bis dahin schon recht erfolgreichen Vormittags und bringen achtsam das Geschirr zur Ausgabe, dabei sich der Verantwortung ihres Umganges mit Volksvermögen bewußt werdend. Wie alle anderen, so eilt auch Neuerfritz nun wieder voll Tatendrang an seinen Arbeitsplatz. Dort liest er sich eingehend die Arbeitsschutzbelehrungen durch, ebenso die Bedienungsvorschriften und die technologischen Hinweise, die in einer umfangstarken Mappe gebündelt sind. Während des Lesens unterstreicht Neuerfritz das Wichtige, ohne dabei das weniger Wichtige mit Unterstreichungen zu vernachlässigen. Sodann, mit dem Ertönen der Vierklangfanfare, stellt Neuerfritz seine Drehmaschine an. Im melodischen Maschinenton hört Neuerfritz das gesamte musikalisch-kulturelle Erbe, und er spürt im sanften Vibrieren des Bodens auch bereits die Klänge der Zukunft. Die grüne Farbigkeit seiner Maschine verschmilzt für Neuerfritz mit dem farbigen Grün vieler noch vor ihm liegender Arbeitstage.

Neuerfritz ist sich der Verantwortung des Umgangs mit Volkseigentum bewußt.

Da kein Material geliefert wurde, was Neuerfritz blitzschnell im gesamtgesellschaftlichen Zusammenhang sieht und als unerhebliche Einzelerscheinung einordnet, spannt Neuerfritz seinen Daumen in die Maschine und dreht sodann an ihm. Während der Drehstahl sanft an Neuerfritz ritzt, während sich zart Span um Span vom Daumen abhebt, krümmt und im leuchtenden Neonröhrenglanz aufblinkt, ehe er zu wertvollem Sekundärrohstoff wird, während der Daumen eine vollkommen zylindrische Form annimmt, während Neuerfritz mit Fleisch und Blut in seiner Arbeit aufgeht, während all dessen zerbricht sich Neuerfritz bereits den Kopf darüber, wie sein Kopfzerbrechen zu einem Kopfzerbrechen in Werk und Welt werden kann. Denn allen verdrehten Meckerern zeigt Neuerfritz nur den Daumen.

Wolfgang Schaller

Alles stinkt

Meine Damen und Herren! Unter dem Motto »Bürger, schützt eure Anlagen« singen und schunkeln jetzt mit uns gemeinsam die Trachtengruppe der Abwassernixen und der Vereinigte chemische Chor Buna nobis pacem. Aus dem Ostarzgebirg kommen die entlaubten Hamitsänger und aus Thüringen die zwei immer noch grünen Optimisten. Besonders herzlich begrüßen wir die Singegruppe der roten Heizer aus unserem Kraftwerk. Sie alle haben wir eingeladen zu unserer beliebten Veranstaltung »Alles stinkt«.

Das von Peter Ensikat (links) und Wolfgang Schaller für die Dresdner Herkuleskeule geschriebene Programm »Bürger, schützt eure Anlagen«, aus dem nebenstehender Text stammt, wurde Anfang der 80er Jahre zu einem der größten Kabaretterfolge in der DDR.

Wo im Tal die Elbe fließt,
wo hoch ob'n der Schornstein grüßt,
wo das Bächlein aus dem Kombinat
schöne weiße Flöckchen hat.

Rosmarie aus Heidenau,
nur mit dir allein
möcht ich fröhlich sein,
weil ich schwarze Mädchen liebe.

Rosmarie aus Heidenau,
reich mir deine Hand.
Daß du schwarz bist,
dank es deinem Heimatland.

Und im Chemiebetriebe,
da fließt ein Brünnlein kalt.
Doch wer das Brünnlein trinket,
merkt, wie das Brünnlein stinket,
wers trinkt, wird nimmer alt.

Denn für die Kläranlage
ist 's Material sehr rar.
Der Leiter kann ruhig schlafen
er zahlt ja pünktlich Strafen,
denn Geld ist allzeit da.

Alle: Wir Leineweber haben eine neue Maschin,
Ridelderadelderumsrumsrums.
Die müssen wir nun in drei Schichten bedien',
ridelderadelderums.

Wo kommt Maschin bloß her?
Maschin ist viel zu schwer.

Alle: Aber Krach macht sie sehr,
na, was wolln wir noch mehr!

Alle: Im schönsten Wiesengrunde,
wo meiner Kneipe Haus,
geht alles vor die Hunde,
seit der Wirt zog aus.
Zog der Konsum ein
siehts aus wie bei Schwein'.
Was des Volkes Hände schaffen,
reißen sie auch wieder ein.

Es waren zwei Karpfenkinder,
die hatten einander so lieb,
Sie haben sich noch niemals gesehen.
das Wasser war viel zu trüb.

Der Mond ist aufgegangen.
Es ist schon eingegangen
die ganze Vogelschar.
Der Wald steht kahl und schweiget,
und aus dem Schornstein steiget
der gelbe Nebel wunderbar.

Freundschaftsband, reich die Hand, holdrihohihe –
und mit freundschaftlichem Gruß
fliegt von Land zu Bruderland, holdrihohihe –
unser sozialist'scher Ruß.
Drum reih dich ein,
daß von Bäumen wir den Wald befrein.

Jodler-Refrain
's Feieromd, 's Feieromd
's Rachermannel ruht.
Vergast mer unsre Hamit ni,
sunst nabeln wir uns tut.

5. Kapitel

Heißer Sommer

Von Ostseestrand, Datsche und Jugendclubs ...

1982 gibt es einen Beschluß, der das Reisen in den Westen auch Bürgern außerhalb des Rentenalters erlaubt. In **dringenden Familienangelegenheiten** kann man Ausreiseantrag (mit Antrag auf Wiedereinreise) stellen, und mit etwas Glück wird der auch genehmigt. Runde Geburtstage, Hochzeitsfeiern, Taufen ... Manche **verwandtschaftliche Beziehung** wird neu belebt oder gar neu entdeckt. Die ganz normalen Urlaubsreisen aber führen, wenn sie ins Ausland führen, weiterhin ins sozialistische Bruderland. Wenn das **Reisebüro** der DDR diese Reisen anbietet, bilden sich schon Stunden, manchmal Tage zuvor Schlangen, um in den Besitz der begehrten Plätze zu kommen. Von einer Weltreise besonderer Art berichtet Rolf Herricht seinem verwunderten Sketchpartner Hans-Joachim Preil. In der ersten Hälfte der achtziger Jahre steigt die Zahl der **Reisen in die Sowjetunion**. Viele junge Leute nutzen, über ihre Betriebe oder die FDJ organisiert, die preiswerte Möglichkeit, in **Freundschaftszügen** ins Land des großen Bruders zu reisen. Schon seit Ende der sechziger Jahre gibt es den sogenannten **Studentensommer**, bezahlte Arbeitseinsätze während der Semesterferien, an denen jeder Student zumindest einmal während seines Studiums teilnehmen soll. Das Maß der Freiwilligkeit steigt merklich, wenn es sich um **internationale Studentensommer-Lager** handelt, denn so kommt man schon mal bis in die Mongolei oder nach Kuba.

Angela Gentzmer

Der Bungalow

Sketch mit Helga Hahnemann als Traudl

Ort: Vor einem (angedeuteten) Bungalow haben Traudl und Hugo es sich in Liegestühlen bequem gemacht. Auf einem Campingtisch steht eine Kanne Kaffee, daneben ein Berg »Bienenstich«.

Traudl *räkelt sich und sagt stolz*: War dit nich'ne jute Idee von mir, Hugo, hierher zu fahren uff diese vereinsamte Seezunge?

Hugo *träge:* Ja – manchmal haste eben ooch lichte Momente!

Traudl: Vor uns plätschern de Wellen, über uns de Vögel, und inwendig sind wa voll möbliert mit Angelkahn und Innentoilette!

Hugo: Bloß anne Bierkästen läßt de Jewerkschaft einen reene dot puckeln! Deswegen ha ick letzten Monat ooch keen FDGB bezahlt!

Uffstöbern von feindliche Reserven, det lernen se ja heute schon bei die Pioniere.

Traudl: So'ne unverwüstliche Natur muß den Joethe damals ooch uff'n Jeist jeschlagen sein, wat ihm zu den Schlager-Text »Über alle Witwen is Ruh« injeziert hat!

Hugo: Is dit eijentlich uff de Landkarte druff?

Traudl: Wer? Dit Jedicht?

Hugo: Dit Kaff hier!

Traudl: Biste verrückt? Mann, du liegst mit dein' Hintern mitten inne Diplomaten-Jagd!

Hugo: Hoffentlich ist Schonzeit! Sonst ballern die dir nachher noch eens zwischen de Hörner!

Traudl: Du erzählst v'lei een Käse! Uff die kleenen Waldweje bleiben die doch mit ihre großen Autos stecken, Mensch!

Man hört eine Frau »Huhu« rufen!

Hugo *sitzt jetzt kerzengrade und sagt ärgerlich:* Da! Da jeht se schon los, die Tijerjagd!

Traudl: Dit wär ja harmlos! Aber ick fürchte viel wat schlimmeret: Grete mit die Kinder!

In diesem Moment taucht Grete mit Mann und mindestens fünf Kindern auf! Grete ruft schon von weitem: Hier habta euch also beede verkrochen! Wir loofen schon stundenlang durch de Botanik! Is dit hier überhaupt noch DDR? Kinder – kommt, sagt Tante Traudl »Juten Tag«! Und schlingt den Bienenstich nicht so runter, sonst bleibta euch vor'm Magen stehn! Nee – nee, mach dir bloß keene Umstände, Traudl, ick trink gleich aus deine Tasse! Und die Kinder kriegen Brause! Haste doch, wa?

Karl, *ihr Mann, stöhnt:* Ick muß ma erstmal setzen!

Hugo *steht auf und Karl streckt sich auf seinem Liegestuhl aus:* Nett von dir, Hugo! Weeßt ja, mein Kreislauf! Zu Hause bringt ma ja 'n Schnaps immer wieder uff de Beene!

Grete *mit vollem Mund:* Na hör mal, hier biste doch zu Hause, wat, Traudlkin? Wo hat'n dein Oller seine Medizin? Ick kann die Pulle ja holen!

Traudl: Nee – also – Saufen wird hier heute nicht jespielt, Kinder! Denn hättet ihr euch wat von zu Hause mitbringen müssen!

Grete *beleidigt:* Da kannste mal sehn: Die eigene Schwester kiekt kaltblütig zu, wie der Schwager an Herzintakt einjeht!

Sie steht ruckartig auf: Aber – wir können ja ooch wieder jehn!

Sie sucht ein Taschentuch und schluchzt vor sich hin.

Traudl: So war't doch nich' jemeint, Grete! Hugo holt'n ja schon!

Sie schubst Hugo, der sich störrisch weigert! Dabei flüstert sie ihm zu: Du jibst dem Idioten jetzt'n Schnaps! Um so schneller isser blau und haut wieder ab!

Grete *ruft ihm nach:* Wenn de schon eenmal uff'm Weg bist, denn bring glei noch 'n paar Bier mit!

Traudl: Seit wann trinkst du denn Bier?

Grete: Ick doch nich! Aber Uwe mit seine Freunde! Die müssen gleich hier uffkreuzen!

Drei Motorräder kommen auf die Bühne geknattert (Uwe, zwei Freunde und drei Mädchen)! Die jungen Leute kommen mit großem »Hallo« an, nehmen sich Kuchen, machen Musik und reden alle durcheinander: Eh, wo hat der uns denn hier hinjebrettert? Mann, is dit ne trockene Luft hier!

Traudl *entrüstet:* Die kriejen von mir keen Bier, Grete! Sollen die sich etwa voll wie die Amtsmänner am Steuer setzen, hä?

War dit nich'ne jute Idee von mir, Hugo, hierher zu fahren uff diese vereinsamte Seezunge?

Karl *verschmitzt:* Die paßt uff, Eure Tante, wat? An die is'n Wachtmeister verloren jejangen! Aber mach dir mal keen' Kopp, Traudelchen, der Bengel hat nämlich 'ne komplette Zeltausrüstung mit! Da können 24 Fijuren drinne pennen!

Traudl: So? Denn könnta ja quer drinne liegen!

Karl: Denkste! Dit wird ja noch knüppeldicke voll!

Grete: Ja – dit wollt ick euch ja noch sagen: Karl seine Brigade kommt noch! Hast doch hoffentlich nischt dajegen, Traudl? Ick sage immer: Wo eener satt wird, reicht et ooch für 20! Stimmt's?

Hugo: Bloß – wißt ihr eijentlich, daß et in die Jegend hier von Wildschweine nur so wimmelt? Sooo'ne Keiler – mit soo'ne Elefantenzähne, sag ick euch! Wenn die einen uffspießen – na, Hallelujah!

Grete: Ach, Schweine in freie Wildbahn benehmen sich ville manierlicher als so'ne, die nachts uff alle Viere aus de Kneipe kommen!

Karl *sauer zu Hugo:* Mann, ob ick dit mit die olle Xantippe hier 14 Tage lang aushalte, is noch sehr die Frage!

Er zwinkert ihm zu: Aber Jottseidank kriegen wa nachher ja noch 'n paar knackije Weiber! Na? Wat sag ick? Wenn man vom Deubel spricht …

Die Brigade – (ca. 10 Männer und 6 Frauen) – kommt anmarschiert!
Alle singen: »Wir haben Hunger, Hunger, Hunger, haben Hunger, Hunger, Hunger, haben Hunger, Hunger, Hunger, haben Durscht!«

Was ist ein Meinungsaustausch? Wenn du mit deiner Meinung zum Parteisekretär gehst und mit seiner wieder herauskommst.

Karl *schreit:* Uwe! Los, laß die Bierkästen anrollen! Siehst doch, det die Kumpels schon die Zunge aus'n Hals hängt!

Hugo *aufgebracht:* Wie issen der verdammte Bengel an mein Versteck ranjekommen, hä?

Karl *lacht sich tot:* Na, du bist ja jut! »Uffstöbern von feindliche Reserven«, det lernen se ja heute schon bei de Pioniere!

Er verteilt Bierflaschen und stimmt dabei an: »Ein Glück, daß wir nich' saufen!«

Die Kinder kommen angerannt und betteln: Pappa, dürfen wa'n Lagerfeuer machen? Können wa Kahn fahren?

Grete: Nein! Heute nich' mehr! Dazu habta ja noch vier Wochen Zeit!

Karl *ruft:* Uwe! Haste denn bloß so'ne Mist-Musike druff?

Uwe: Ick mach doch keene Disco für Scheintote, eh!

Er dreht die Musik noch lauter!

Grete *kreischt:* Denn vapfeift euch mit euer Jejaule woanders hin! Wir brauchen unsre Erholung, stimmt's, Traudl? Traudl? Wo biste denn?

Traudl und Hugo stehen mit gepackten Koffern da.

Grete: Wat issen nu los? Wollt ihr jetzt etwa noch inne Pilze?

Traudl: Ne, wir müssen dringend nach Hause – hier ham wa keenen Fernseher und ohne dülüdüdüt *(Aktuelle Kamera)* könn' wa abends nich' einschlafen!

Grete: Ach so, dit versteh ick! Aber, wenn euch mal wieder so is', könnt ihr uns ruhig auf 'n Stündchen besuchen komm'n!

Lothar Kusche

Die große Nummernkontrolle

Es war ein schöner Nachmittag, wir fühlten uns alle ziemlich wohl in diesem Ferienheim, mittags hatte es gebratene Leber mit Zwiebeln und Kartoffelbrei und Rote Bete und Pudding und vorher Gemüsesuppe gegeben.

Zwölf Ansichtskarten hatte ich schon beschriftet. Auf das Bild des Hauses malte ich ein kleines Kreuz an ein gewisses Fenster: Hier wohne ich. Das war wichtig, damit sie sich zu Hause alles richtig vorstellen konnten. Ich wohnte allerdings gar nicht da, wohin ich die kleinen Kreuze malte, denn mein Zimmer war auf der anderen Seite des Hauses, die konnte man auf dem Bild nicht sehen.

Und dann klopfte es, ein ganz langer und dünner Mann trat ein. Ich fragte: »Was kann ich für Sie tun?«, obwohl ich, um ehrlich zu sein, gar keine Lust hatte, irgend etwas für ihn oder überhaupt irgend etwas zu tun, denn ich hatte ja Urlaub, die Postkarten waren fertig, und Abendbrot gab's noch nicht. Er sagte: »Es ist nur wegen der Nummern. Ich muß das sozusagen überprüfen. Vielleicht erlauben Sie, daß ...? Es dauert nicht lange, nicht wahr, was sein muß, muß sein, und so weiter. Also dann, nicht wahr!« Was wollte dieser Mann?

»Da liegt ein Schild drin: Wegen Inventur geschlossen!«

»Sicher ist Ihnen der Begriff ›Intourist‹ ein Begriff«, sagte er, »und was nun mich betrifft, so bin ich ein Inventurist, haha. Also ich muß hier nachsehen, ob noch alles da ist, nicht wahr, und ob die Nummern stimmen. Wo befindet sich das Inventarverzeichnis für diesen Raum?«

Ich hatte keine Ahnung, aber nachdem wir eine Viertelstunde lang alle Möbel hin und her geschoben hatten, entdeckten wir das Inventarverzeichnis an der Rückseite des Kleiderschranks, es war dort angenagelt. »Gut«, sagte er, »also dann, nicht wahr! Haben Sie ein Bett hier?« Ich erklärte ihm, daß ich auf einem bestimmten Möbel geschlafen hätte und daß es sich da wahrscheinlich um ein Bett handle, und er fand es einfach großartig, daß mit seiner Inventur alles so wunderbar klappte. Nur die Nummer

des Betts fand er nicht, und die war nun gerade das Allerwichtigste, denn Gegenstände ohne Inventarnummern durfte er in seinen Akten nicht abhaken. »Ein Bett ohne Nummer ist wie ein Kind ohne Vornamen«, scherzte er. Wir schraubten das Bett auseinander und fanden die Nummer hinten rechts unter der Matratze; das Bett hieß »10106«. Die Nummer des Tisches war an der Unterseite der Schublade befestigt, die deshalb etwas klemmte. Wir fanden auch allerhand Nummern an Stuhlbeinen, Kopfkissenbezügen, Wandlampen und Scheibengardinen.
»Was ist denn das da?« fragte er und wies mit seinem dünnen Finger bedeutungsvoll in die Ecke. »Ein Korb«, sagte ich, »und im Innern desselben befindet sich geknülltes Papier. Vielleicht handelt es sich um einen sogenannten Papierkorb – oder?«

Er war entzückt über meine ebenso knappe wie treffende Definition des fraglichen Objekts und sprang vor lauter Freude ausgelassen an die Decke, wobei er sich am Kopf weh tat, weil er doch so sehr groß war, was auch einen Grund hatte. »Nämlich«, so erläuterte er, »die Nummern sind also manchmal oben auf den Spinden befestigt, und da kann ich infolge meiner Statur hinaufschauen, während ein kleinerer Kollege eine Leiter oder einen Hocker benötigen würde – vom Zeitverbrauch gar nicht zu reden. Ein Hocker soll hier auch sein. Wo ist er?«
Ich wußte es nicht, und ich hatte in diesem Zimmer noch nie einen Hocker gesehen. Er wollte in meinem Koffer nachsehen, ich hatte nichts dagegen, aber natürlich war der ominöse Hocker nicht in dem Koffer. Der enthielt lediglich Rasierwasser, Socken, Schlipse (ich nehme immer Schlipse mit in den Urlaub – wozu?) und das Buch »Dreihundert und achtzehn Briefe berühmter und geistreicher Männer und Frauen zur vielseitigen Bildung des Stils, des Tones und des Geschmacks im brieflichen Umgange, herausgegeben von J. D. F. Rumpf, Königlich Preußischem Hofrathe« (Berlin 1835), welches ich ganz bestimmt in den Ferien lesen will, und das seit nunmehr zwölf Jahren. Das Buch interessierte den Inventuristen nicht, da es nicht in seiner Liste verzeichnet war und auch keine Nummer hatte. Er nahm ein Protokoll über den Hokker auf, den es nicht mehr gab oder noch nie gegeben hatte, und

beschäftigte sich wieder mit dem bereits erwähnten Papierkorb. »Der Papierkorb an sich ist in Ordnung«, fand er, was nicht stimmte, denn er hatte unten ein Loch, durch welches das Papier, gewissermaßen ehe man es oben noch hineingeworfen hatte, unten herausfiel – aber was interessierten ihn Löcher? »Nur leider fehlt da die Nummer«, seufzte er, »also muß ich eintragen: Papierkorb fehlt.«

Ich sagte: »Da steht doch der Papierkorb! Sie können ihn sehen und anfassen, oder Sie können hineinbeißen. Das Ding existiert doch. Sie praktizieren ja den reinsten numerischen Alleinvertretungsanspruch! Notieren Sie lieber, daß der Papierkorb unten ein Loch hat.« Aber das war eben nicht seine Aufgabe, und er hielt sich genau an seine Aufgabe.

»Gewiß ist da ein Papierkorb«, sagte er, »aber für mich ist er völlig belanglos. Es ist so etwas wie ein privater Papierkorb. Ohne staatliche Beteiligung gewissermaßen, einsam; nummernlos. Vielleicht ist es Ihr persönlicher Papierkorb! Haben Sie ihn ins Heim mitgebracht?«

»Nein, ich glaube nicht, daß ich ihn mitgebracht habe. Ich könnte mich sicher daran erinnern.« Damit war die Angelegenheit beziehungsweise dieser defekte Papierkorb ein- für allemal erledigt. Dann suchten wir weiter. Ich hatte ein schönes Erlebnis: Ich kam einem Tintenfaß aus imitiertem Marmor auf die Schliche, das zwar keine Tinte enthielt, aber den Namen »T – 3434« führte. Der lange Mann murkste eine Weile an der Deckenlampe herum, wahrscheinlich um die Glühbirnen zu numerieren, und so gab es einen Kurzschluß. Er war jedoch nicht aus der Ruhe zu bringen, sondern zog unverzüglich eine Kerze aus der Tasche, und ich kann, ob Sie mir nun glauben wollen oder nicht, an Eides Statt versichern, daß diese Kerze numeriert war.

Der Sinn einer Inventur dieser Art war durchaus einleuchtend. »Aber was soll diese Nummernbeschwörung?« fragte ich. »Es genügt doch, wenn Sie nachsehen, ob noch soundso viele Stühle, Tische, Zahnputzgläser und an der Tapete totgequetschte Mücken vorhanden sind. Weshalb muß denn jeder Bleistiftanspitzer ein daumenlanges Metallschild tragen, in das eine Nummer eingestanzt ist?«

»Um ihn als gesellschaftliches Eigentum zu kennzeichnen«, sagte er, »sonst könnte sich ja jeder ein Bett oder ein paar Kleiderschränke unter den Nagel reißen und damit verduften.«

»Wenn das einer vorhätte, so würde er doch zunächst mal die Nummernschilder abschrauben!«

»Hoho«, sagte er und drohte mir mit schelmischer Ironie sowie mit dem Zeigefinger, »das wäre aber ganz und gar heimtükkisch, nicht wahr! Also man soll von den Leuten nicht gleich das Schlimmste denken.«
Ich wies ihn noch darauf hin, daß das Inventarverzeichnis an der Rückseite des Kleiderschrankes keine Nummer hatte und auch auf sich selber nicht angeführt war. Er sagte eine gründliche Überprüfung der Angelegenheit zu. Als er fertig war, gingen wir in den Speisesaal hinunter und tranken einige Flaschen Radeberger Pilsner, er trank Nr. 1, 3 und 5, ich Nr. 2, 4 und 6. Abschließend spendierte er noch zwei doppelte Kognaks (KO [D] – 24 000 1/000 2), und dabei fragte ich ihn, ob er eigentlich mit seiner sonderbaren Arbeit zufrieden sei. Er war zufrieden, und das wunderte mich eigentlich am allermeisten.

Hansgeorg Stengel

Lob der Natur

Herrlich ordnet sich die Landschaft
durch des Schöpfers Hand zum Bild.
Nirgends Spruchband und Verwandtschaft,
und die Sonne lächelt mild.

Ein Gebirgsbach klaren Wassers
wälzt sich lieblich und beschwingt,
daß der Versfuß des Verfassers
im Vergleich ganz trocken klingt.

Blaue Berge, Koniferen,
himmlisch flimmernder Azur,
süßer Duft von Preiselbeeren,
o mein Sommer, o Natur.

Gerne säß ich still am Weiher,
eh der Herbst mit Brausen naht,
als vom Lärm der Großstadt freier
vierter Mann beim Dauerskat.

Eulenspiegeleien

Ein Afrikaner passiert den Checkpoint Charlie in Berlin von West nach Ost, begegnet einer Polizeistreife und fragt nach dem Weg zum Alexanderplatz – zuerst auf Englisch, dann auf Französisch, dann auf Spanisch, dann auf Russisch. Keiner der beiden Polizisten versteht. Als der Afrikaner kopfschüttelnd weitergeht, sagt der eine Polizist zum anderen: »Hast du gemerkt? Vier Sprachen kann der!« »Na und«, sagt der andere, »hat's ihm was genützt?«

Beginn der Sommerferien. Partei- und Staatsführung geben bekannt, daß an diesem Tag die Mauer geöffnet werden soll. Der Erste Sekretär des Zentralkomitees der SED und Staatsratsvorsitzende hat den Wunsch geäußert, in den Ferien mit seiner Frau mal allein zu sein.

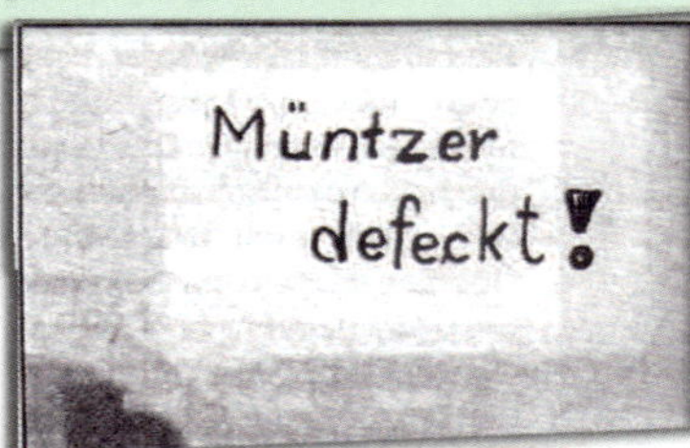

Hans-Joachim Preil

Die Weltreise

Sketch mit Herricht & Preil

Herricht *kommt, die Baskenmütze keß wie eine Matrosenmütze aufgesetzt und einen Rucksack auf dem Rücken auf die Bühne:* Hallo und ahoi, Herr Preil!

Preil *erstaunt:* Da sind Sie ja endlich. Ich warte schon eine ganze Weile. Wo stecken Sie denn ...?

Herricht *nimmt den Rucksack ab:* Mein Kommen verzögert sich ein bißchen. Ich mußte erst noch den Seesack füllen.

Preil *völlig verwundert:* Was ist das?

Herricht *etwas verlegen:* Na ja, eigentlich ein Rucksack ... aber da ich jetzt eine Seereise antrete, bezeichne ich ihn seemännisch als Seesack.

Preil *verwundert:* Was ist denn das nun wieder für eine Schnapsidee? Seereise ... Seesack?

> Machen Sie es gut, Herr Preil. Ich muß los, wir stechen pünktlich ins Wasser.

Herricht *großspurig:* Tja, ja, ja ... Da staunen Sie. Sie unterschätzen immer meine Quantitäten!

Preil *verbessert freundlich:* Qualitäten. Sozusagen ein Lapsus linguae ...

Herricht *redet sich heraus:* Nein, das Schiff kenne ich nicht.

Preil *korrigiert abermals:* Das ist kein Schiff. Ein Lapsus linguae ist Lateinisch und heißt soviel wie ein Ausdrucksfehler.

Herricht *unbekümmert:* Was Sie alles wissen. Werde ich mir merken, diesen ...

Preil *fragt neugierig:* Na, wie hieß der Ausdruck?

Herricht *bekommt die Kurve:* So, wie Sie gesagt haben. Und jetzt muß ich leider schon gehen, sonst verpasse ich noch mein Schiff.

Preil *höchst erstaunt:* Was denn, Sie wollen wirklich auf ein Schiff?

Herricht *bestätigt stolz:* Herr Preil, ich mache doch jedes Jahr eine Schiffsreise, sozusagen ein Weltreise.

Preil *ungläubig:* Warum müssen Sie nur immer so schamlos übertreiben? Urlaubsreise genügt doch auch.

Herricht *gibt nicht nach:* Ihnen vielleicht. Meine Ansprüche sind gehobener Natur. Ich fahre jedes Jahr in die weite Welt hinein ...

Preil *verbessert höflich:* Hinaus ...

Ein DDR-Bürger auf Weltreisen? Herricht & Preil treiben es auf die komische Spitze. 1981 absolviert das Komikerduo seine letzten Auftritte. Es ist das Todesjahr von Rolf Herricht.

Herricht *korrigiert:* Ja, erst hinaus und dann hinein. Entschuldigung, war das wieder eine Blattschuß pingualae?

Preil *holt etwas bedeutend Luft:* Ich sagte Lapsus linguae! Das ist ein Fehler der Sprache.

Herricht *verblüfft:* Ich habe doch keinen Sprachfehler!

Preil *belehrt etwas ungeduldig:* Das ist Lateinisch. Und heißt genau übersetzt: Ein Fehler an der Zunge.

Herricht *bedauernd:* Was, an der Zunge?

Preil *bricht ab:* Also lassen wir das jetzt.

Herricht *abwehrend:* Da muß ich wohl schnellstens einen Arzt kondolieren?

Preil *verbessert:* Konsultieren. Kondolieren ist jemandem sein Beileid aussprechen. Also ist konsultieren ...?

Herricht *fährt fort:* .... wenn ein Konsul gestorben ist. Machen Sie es gut, Herr Preil. Ich muß los, denn wir stechen pünktlich ins Wasser.

Preil *korrigiert wieder:* Sie stechen in See. Was ist denn heute bloß los mit Ihnen? Das ist ja ein Fehler am anderen.

Herricht *enthusiastisch:* Das ist Reisefieber. Das ist jedes Jahr so. Voriges Jahr war es ganz schlimm! Da war ich mit der Kegelbahn ... Kegelboot ... Segelboot unterwegs. Da war ich vielleicht aufgeregt ...

Preil *unterbricht resolut:* Was denn, Sie waren mit einem Segelboot auf Weltreise?

Herricht *fühlt sich plötzlich ernstgenommen:* So ist es! Erst sind wir die Mulde runtergemuldert, dann die Elbe raufgealbert ... geelbert und plötzlich, nichts Gutes ahnend, waren wir in einem Hafen ...

Preil *ungeduldig:* Also, wenn ich Ihnen weiter zuhören soll, spinnen Sie kein Seemannsgarn!

Herricht *ganz ernst:* Wo werd ich denn. In diesem Hafen stieg ich dann um – auf ein großes Schiff mit ungeheuer viel Segeln.

»Erst sind wir die Mulde runtergemuldert, dann die Elbe raufgealbert ...«

Preil *zweifelnd:* Meinen Sie eine alte Fregatte?

Herricht *amüsiert sich:* Nein! Meine Frau war nicht mit.

Preil *winkt ab:* Nicht zu fassen. Wie kamen Sie denn überhaupt an Bord?

Herricht *berichtet:* Ich stand da so auf der Bole ...

Preil *verbessert sofort:* Mole!

Herricht *verbessert:* Das verwechseln Sie mit einem Bier, Herr Preil.

Preil *energisch:* Ein Bier ist eine Molle! Sie standen also auf einer Mole und ...

Herricht *treuherzig:* Und sang leise vor mich hin ...

Preil *erstaunt:* Sie sangen? Was sangen Sie?

Herricht *singt:* Nimm mich mit, Kapitän, auf die Reise! Und das muß der Kapitän gehört haben, denn er sagte in einer unbekannten Sprache »Komm röwer, min Jung.«

Preil *erheitert:* Und das haben Sie verstanden ...?

Herricht *großartig:* Wenn ich mal übersetzen darf: Kümm heißt: Trinkt mit mir einen Kümmel. Röwer heißt: wenn du kein Römer bist! ... Min ... ist ein Minenräumboot ... Und Jung ... ich sei ja noch so jung.

Preil *fassungslos:* So ein horrende Blödsinn.

Herricht: Das habe ich ja auch gesagt, aber da im Augenblick kein anderes Schiff hinter dem Anker lag ...

Preil *verbessert ungehalten:* Vor Anker lag ...

Herricht *überlegt und beschreibt dann mit großen Gesten, wie das Schiff im Hafen lag:* Nein, es war hinter dem Anker.

Preil *gibt auf:* Gut, und was dann?

Herricht *spinnt weiter:* Dann begrüßte mich der Kapitän.

Preil *erstaunt:* Wie begrüßte er Sie?
Herricht *macht vor:* Indem er Hand an sich legte.
Preil *verblüfft:* Wie bitte?
Herricht: An seine Mütze, meine ich.
Preil *fragt weiter:* Wer war der Kapitän?
Herricht *grübelt kurz:* Heidewitzka ... Paul Heidewitzka. Und ich fuhr mit als Augenarzt.
Preil *verblüfft:* Aber Sie sind doch kein Arzt!
Herricht *erklärt:* Nein, ich mußte mich beim Schmutzichen melden, und der ließ mich dann Kartoffeln schälen ... Wissen Sie, so ... immer mit dem Messer die Augen herausschälen.

»Ich glaube Ihnen nichts mehr ...«

Preil *belehrt ihn:* Das war der Smutje, der Koch! *Preil merkt nicht, daß Herricht hinter seinem Rücken grinst:* Und dann sind Sie in See gestochen?
Herricht *ernsthaft:* Genau. Einfach reingestochen. Es war natürlich ganz schön naß. Aber dann ging es geradeaus ... dann links ... quer rüber ... wieder rechts und vorbei ...
Preil *erstaunt:* Was war denn das für ein Kurs?
Herricht *mokiert sich auch:* Ganz miserabler. Ich konnte nichts umtauschen ...
Preil *berichtigt:* Ich meine, wo ging Ihre Fahrt entlang?
Herricht *erklärt:* Entlang? Ja, sie ging immer entlang an lauter Kisten ... und dann rum, immerzu rum.
Preil *verbessert ungehalten:* Was denn für Kisten? Sie meinen Küsten!
Herricht *sehr bedeutend:* Ja, an der Küste von Ballaleika.
Preil *verdeutlicht:* Jamaika!
Herricht *beharrlich:* Jaaa! Hat der Kapitän auch gesagt.
Preil *neugierig:* Was hat der Kapitän auch gesagt?
Herricht *bockbeinig:* Wir brauchen noch'n paar Küsten mit Rum von Jamaika.
Preil *stöhnt gequält auf:* Erzählen Sie doch mal weiter.
Herricht *eifrig fortfahrend:* Weiter! Dann ging es vorbei an U - S - Ä - Dom!

Preil *völlig konsterniert:* Dom? Was für'n Dom?

Herricht *völlig überzeugend:* U - S - Ä - Dom! Kennen Sie wieder nicht. Weil Sie nie weltweit gereist sind.

Preil *wütend:* Das müssen Sie mir gerade sagen. U - S - Ä - Dom ... gibt es gar nicht ...

Herricht *wütend:* Keine Ahnung, aber streiten. Hier habe ich es mir ja aufgeschrieben. U - S - Ä - Dom!

Preil *liest und schnauzt Herricht an:* Doch nicht U - S - Ä - Dom! Das heißt Usedom. Hören Sie bloß auf.

Herricht *erzählt unbeirrt weiter:* Fängt ja erst an, Herr Preil.

Preil *winkt ab:* Ich glaube Ihnen nichts mehr ...

Herricht *beschwörend:* Das können Sie mir ruhig glauben. Da kam nämlich ein ungeheurer Sturm.

Preil *neugierig:* Wann?

Herricht *sofort:* Am Mittwoch.

Preil *will es genau wissen:* Was für'n Sturm?

Herricht *prompt:* Ein Torrero ...

Preil *belehrt ihn:* Ein Tornado ...

Wie bittet ein Volkspolizist um politisches Asyl? Er geht in den Intershop und setzt sich ins Regal.

Herricht *winkt ab:* Den meine ich ganz bestimmt nicht. Das sind Flugzeuge der Nato. Tor-natos!

Preil *ist schon erschöpft:* Was war mit diesem Orkan?

Herricht *unbesorgt:* Unser Kahn war sicher! Es war ja nur Windstärke 28.

Preil *widerspricht:* Die gibt es nicht.

Herricht *weiß es wieder besser:* Doch, im Schatten. Aber dann ... dann ging es durch die Meerenge von Garibaldi.

Preil *rastet aus:* Gibraltar ...

Herricht *macht die Stellung vor:* Jawohl ... das war vielleicht eng. Wir mußten uns alle soooo hinstellen. Aber dann kam eine Flöte.

Preil *wird munter:* Was kam?

Herricht: Eine Flöte!

Preil *besser wissend:* Sie meinen eine Flaute!

Herricht *rechthaberisch:* Nein, ich meine eine Flöte. Der Kapitän hat es doch gesagt.

Preil *lauernd:* Zu wem hat er es gesagt?

Herricht *bewußt:* Zu mir!

Preil *zahlt zurück:* Ja! Damit hat er gemeint: Sie Flöte! Denn es heißt nicht Flöte, sondern Flaute! Und eine Flaute ist ähnlich wie ein Monsun ...!

Herricht *mault:* Was Sie nun wieder haben! Da gibt es doch keinen Konsum!

Preil *kurz angebunden:* Weiter.

Herricht *ebenso:* Weiter ... Dann schifften wir in den Mistippippi ...

Preil *laut werdend:* Durch den Mississippi. Sie müssen doch geschlafen haben auf Ihrer Weltreise!

Herricht *stolz:* Und immer in meiner eigenen Boje!

Preil *grantig:* Koje ...

Herricht *verbessert:* Nein, das sind ja Netze ...

Preil *unterbricht:* Hängematten! Und dann ...?

Herricht *fährt unbeirrt fort:* Dann kamen wir nicht weiter. Da war plötzlich ein Geschunkel!

Preil: Dschungel. Kennen Sie denn keinen Dschungel? Einen Urwald, wo Lianen von den Bäumen hängen.

Herricht *unbesorgt:* Ich kenn das ein bißchen anders. Was Sie meinen, sind Schneemassen im Gebirge. Das sind Lainen.

Preil *schnauzt ihn an:* Das sind Lawinen!

Herricht *verträglich:* Ich dachte, das wäre dieses herrliche Konfekt ...

Preil *voller Zorn:* Das sind Pralinen ...

Herricht *besser wissend:* Ja ... die Eingewickelten.

Preil *wendet sich wütend ab:* Und ich falle immer wieder auf Ihr Geschwätz herein.

Herricht *traurig:* Aber es ging doch noch weiter ...

Preil *nun tut es ihm leid:* So? Weiter? Und wohin?

Herricht *ganz brav:* Dann gang es durch den Ginges.

Preil *zuckt zusammen:* Wie bitte?

Herricht *wiederholt ohne Erregung:* Dann gang es durch den Ginges ...

Preil *nimmt sich zusammen:* Dann ging es durch den Ganges ...

Herricht *nun auch erregt:* Nein, Herr Preil! Dann gang es durch den Ginges!

Preil *explodiert und schreit Herricht an:* Nein, das ist auch wieder falsch ... falsch ... falsch! Dann ging es durch den Ganges.

Herricht *mit größter Freundlichkeit:* Tja, Herr Preil ... Sie kommen von der anderen Seite!

Was ist ein ostdeutsches Streichquartett?
Ein Sinfonieorchester nach der Rückkehr von der Westtournee.

Ernst Röhl

Vertretung für Paul

»Erwin«, sagt Paul, »ich geh für drei Wochen in Urlaub, sei ein Kumpel und mach meinen Vertreter in der BGL.«
»Mach ich, Paul, weil du's bist.«
»Na denn«, sagt Paul, »mach's gut!«
»Moment mal«, sag ich, »was machst du eigentlich in der BGL?«
»Den Vorsitzenden der Kulturkommission.«
»Ich meine, was du machst.«
»Nischt.«
»Und was muß ich machen?«
»Nischt.«
»Und was machste, wenn du aus dem Urlaub zurück bist?«
»Dann«, sagt Paul, »mach ich weiter.«

»Wir haben hier alle mal klein angefangen.«

Renate Holland-Moritz

Wanderers Klagelied

Meine Thüringer Verwandten sind tatkräftige, freundliche Leute mit einem unausrottbaren Hang zu Eigenheimbau und ausgedehnten Wanderungen. Zu beidem sind sie durch die sozialen und landschaftlichen Gegebenheiten animiert, und nun halten sie ihre Lebensweise für die einzig akzeptable. Körperliche Strapazen, die das Bauen und Wandern so mit sich bringen, sind in ihren Augen unerläßlich für die Gesunderhaltung des Menschen. Diesen verzärtelten und lasterhaften Großstadttypen, die ihre Freizeit in Theatern, Kinos, Kneipen und KWV-Wohnungen vertrödeln, dabei rauchen, trinken und über Kulturpolitik streiten, prophezeien sie ein frühzeitiges Ende. Deshalb sind meine Thüringer Verwandten sehr besorgt um mich.

»Uns«, schrieb Vetter Friedhelm, »soll man keinen Vorwurf machen, wenn du jedes Jahr zur Kur mußt. Komm also im Urlaub in unser gesundes Walddörfchen, wo man noch weiß, was dem Herzen und der Lunge guttut.«

Körperliche Strapazen, die das Bauen und Wandern mit sich bringen, sind unerläßlich für die Gesunderhaltung des Menschen.

Irgendwie rührte mich dieses familiäre Interesse, und außerdem hatte ich die Nase wirklich voll von der einst berühmten, längst verpesteten Berliner Luft, vom Streß im allgemeinen und den lieben Kollegen im besonderen. Also machte ich mich frohen Sinns auf die Fahrt zu dem Weg, den wir oft gegangen. Vöglein sangen ja wohl immer noch Lieder.

»Spazierengehen«, sagte Vetter Friedhelm am Tage meiner Ankunft, »nützt dir überhaupt nichts. Morgen früh machen wir eine Wanderung zum Falkenstein. Das ist ein ziemlich gewaltiger Felsen, an dem die Bergsteiger wie die Kletten hängen. Der Weg führt durch schattige Wälder und hat nur milde Steigungen. Danach fühlst du dich wie neugeboren.«

Friedhelms Gattin, Cousine Christa, begann sofort, einen riesigen Picknickkorb zu füllen. Dann begab sie sich aus dem Haus, um die restliche Verwandtschaft für den Ausflug zu gewinnen. Leider waren die meisten durch das lebhafte Baugeschehen an ihren Eigenheimen verhindert, so daß sich am nächsten Morgen nur Vetter Fred und Cousine Reni, Vetter Ernst und Cousine Helga sowie die Kinder Stefan, Christian, Britta, Daniel und Josefine einfanden.

Der Anfang des Unternehmens gefiel mir recht gut, denn wir fuhren in Autos bis zum Grenzadler in Oberhof. Wie herrlich leuchtete uns die Natur! Auch der Aufstieg bereitete zunächst keine Schwierigkeiten, denn wir benutzten die asphaltierten Wege, die eigens für Skilangläufer angelegt waren. Nach einer guten Stunde verspürte ich leichte Ermattung sowie ein gewisses Hungergefühl. Ich empfahl eine idyllische Lichtung als Rast- und Picknickplatz. Aber meine Thüringer Verwandten lehnten das Ansinnen ab. Rast und Picknick gäbe es am Falkenstein, nicht vorher, und überhaupt solle ich mich meiner Schwäche schämen, die einmalige Umgebung genießen und die majestätischen Bäume zur Kenntnis nehmen. Worauf sie »Mein Thüringen, mein Heimatland« zu singen begannen.

Ich genierte mich sogleich und versuchte, all die herumliegende Schönheit in mich aufzunehmen. Mir entgingen die mächtigen Berge mit den darauf befindlichen majestätischen Bäumen durchaus nicht, aber es waren halt immer die gleichen grünen Erhebungen, und der nächsten folgte jeweils eine weitere. Ich merkte, daß ich vor lauter Wald keine Bäume mehr sah. Plötzlich wurde mir schwarz vor Augen, denn mein Kopf war wie jedes der mir verwandten Häupter in dicke Fliegenwolken gehüllt. Die widerlich summenden Biester hatten sich offenbar auch zu einer Wanderung auf den Falkenstein entschlossen, und das ausgerechnet in unserer Begleitung.

Als wir endlich auf den von meinen Thüringer Verwandten besungenen Rennsteig kamen, gerieten Vetter Friedhelm und Vetter Fred in Streit über den rechten Weg, der einzuschlagen sei. Ich gab noch einmal schüchtern zu bedenken, daß man dieses Problem am besten sitzend und anhand einer Karte lösen könne. Aber wieder wurde ich belehrt, daß erst am Falkenstein Rastpunkt sei, und eine Karte habe man weder bei sich noch nötig, denn ein Thüringer kenne seine Berge wie seine Westentasche. Ich hatte zwar noch keine Weste an meinen Thüringer Verwandten bemerkt, wagte aber trotzdem keinen Einwand.

Auf Befehl von Vetter Fred steuerten wir eine Waldschneise an, die nach einer dreiviertel Stunde im Unterholz endete. Ehe wir zwangsweise den Rückzug antraten, mußten wir doch eine kurze Pause einlegen. Neffe Christian war von einer Wespe gestochen worden, Britta und Josefine hatten Durchfall, Cousine Helga war eine Fliege ins Auge geflogen, und Neffe Stefan präsentierte seine ersten Blasen. Ich schlug vor, im Interesse der Blessierten an den Heimweg zu denken, zumal nicht feststünde, ob wir den Falkenstein überhaupt finden würden. Doch da erhob sich ein allgemeiner Proteststurm, der die majestätischen Fichten rauschen ließ. Hier fühle sich niemand schwach oder krank, denn man sei das gesunde Leben gewöhnt, und das andere sei die miese Unterstellung einer Stadtpflanze, die der Berührung mit unverfälschter Natur offenbar nicht mehr gewachsen sei. Richtige Menschen hingegen, also Thüringer, würden eine angefangene Sache auch zu Ende führen. Und außerdem sei man nicht zum Vergnügen unterwegs, sondern ausschließlich im Interesse meiner Gesundheit.

Im Strandbad Grünau sollen sie das Leben der Ölsardinen studieren und sich anschließend in der Straßenbahn zerquetschen lassen.

Ich beschloß schweren Herzens, endgültig die Klappe zu halten und das Unabwendbare zu erdulden.

Nach insgesamt vier Stunden qualvollen Marschierens über Stock und sohlendurchpiekende Steine sowie nach Absingen des gesamten Herbert-Roth-Repertoires kamen wir am Falkenstein an. Es handelte sich wirklich um einen gewaltigen Felsen, an dem die Bergsteiger wie die Kletten hingen. Mich faszinierte jedoch weitaus mehr ein kleines Gasthaus, das aus dem Schatten der Berge herübergrüßte. Mit neuerwachtem Lebensmut schleppte ich mich zu seinem Eingang, der von mannshohem Farn zugewachsen war. Ein verwittertes Schild verkündete, daß dieses Wanderer-Dorado seit langen Jahren geschlossen sei. »Saftladen« stand in krakeliger Schrift darunter. Heißes Mitgefühl für jenen Verzweifelten, vielleicht von Hunger und Durst auf die Knie Geworfenen durchpulste mich. Gleichzeitig spürte ich Sympathie zumindest für meine Cousine Christa, die als einzige an den Picknickkorb gedacht hatte. Wir rasteten und schmausten eine Stunde lang. Da die gute Christa sogar ein Fläschchen Rhöndiesel, einen ziemlich süßen Magenbitter, mitgebracht hatte, entspannte sich meine malträtierte Seele dergestalt, daß ich der reichlich vorhandenen Landschaft ein paar Komplimente angedeihen ließ. Das war leider das Signal zum Aufbruch, und Vetter Friedhelm ent-

schied, einen ganz anderen, dafür aber kürzeren Rückweg einzuschlagen. Dankbare Blicke auch seiner Landsleute trafen ihn.
Zu früh jedoch. Für diesen angeblich kürzeren Weg hätten wir eine Bergsteigerausrüstung gebraucht. Zerschunden an Ellbogen, Füßen und Knien langten wir nach vielen Stunden auf dem Rennsteig an, der nun allerdings unbesungen bewältigt wurde. Mechanisch funktionierten meine fühllosen Beine, die Lunge pfiff, und das Herz raste. So krank, elend und ausgeliefert hatte ich mich im Sumpf der Großstadt nie gefühlt. Doch plötzlich, den leeren Blick auf meinen wacker fürbaß schreitenden Vetter Friedhelm gerichtet, erfüllte mich ein großer, schöner, herzerwärmender Gedanke: Rache! Eiskalte, zuckersüße Rache! Diesem thüringischen Gesundbeter, der mich fürs Siechenlager reif gemacht hatte, wollte ich's heimzahlen.
Und deshalb habe ich Vetter Friedhelm und alle Thüringer Verwandten für den nächsten Urlaub nach Berlin eingeladen. Sollen sie sich an der Kasse des Fernsehturms die Füße krummstehen und im Centrum-Warenhaus den Erstickungstod fürchten lernen! Ich werde ihnen Restaurants empfehlen, in denen sie zu keiner Tages- und Nachtzeit Plätze finden! Im Strandbad Grünau sollen sie das Leben der Ölsardinen studieren und sich anschließend in der Straßenbahn 86 zerquetschen lassen! Ich werde ihnen Karten für Ruth-Berghaus-Inszenierungen besorgen und sie danach zur Disko auf das Jugendschiff Plänterwald einladen! Und wenn sie schließlich in tödlicher Erschöpfung um Gnade flehen, gebe ich ihnen den Rest. Dann müssen sie sich nämlich ein Hotelzimmer besorgen!

6. Kapitel

Höher, schneller, weiter

Sportlich sportlich

Wer das Wort von den **Diplomaten im Trainingsanzug** tatsächlich aufbrachte, ist nicht bekannt. In den Achtzigern wird es gebräuchlich und findet sich in der Presse, den Kommentaren der **Sportreporter** und den Reden der Politiker. Die Spitzensportler erringen internationale Erfolge und repräsentieren die DDR, zeigen aller Welt, zu welchen Leistungen das kleine Land in der Lage ist – so sollte es sein. DDR-Sportler sammeln **Europa- und Weltrekorde** und stehen im Medaillenregen auf den Podesten internationaler Sportereignisse. Die **Radrennfahrer** Olaf Ludwig, Lothar Thoms und Bernd Drogan, Eisschnelläuferin Karin Enke, Leichtathletin Marita Koch und Schwimmerin Ute Geweniger sind die Stars der Jahre 1981 und 82. An den Schulen gibt es **zwei Wochenstunden Sportunterricht**. Der brave Schüler Ottokar weiß: »Damit wir Kinder nicht an Fettsucht leiden, hat Herr Friedrich Jahn zusammen mit unserem Sportlehrer das Turnen erfunden.« Das Ziel »gesund und schlank« bringt immer mehr Bürger auf die mehr oder weniger sportlichen Beine: die **»Lauf-dich-gesund«-Bewegung**, schon in den 70er Jahren initiiert, findet viele Anhänger. Das war kein anderer Trend als im Westen, nur joggte man dort, während man im Osten ganz einfach lief.

Edgar Külow

Traktor, olé!

Die Mannschaft hatte das große Ziel erreicht, den dritten Platz und damit die bronzenen Medaillen in der 1. Kreisklasse. Im Sportlerheim hatte Ernst zwei Girlanden gezogen und für die Frauen der Spieler sogar Wein besorgt. Die Tische waren in Hufeisenform aufgestellt. Der Übungsleiter klopfte ans Glas. »Freunde! Wir haben unser Ziel erreicht! Das letzte Spiel gegen Tabak mit dem 11:3 Kantersieg wird uns unvergeßlich bleiben. Aber es fällt auch ein Wermutstropfen in unseren Erfolgsbecher. Wir sind bei der WM in Spanien nicht dabei. Bernhard hat jeden Tag zwei Einheiten trainiert, Willy hat sich technisch so vervollkommnet, daß du Maradona glatt vergessen kannst, und Peter ist so schnell geworden – da hältst du Blochin für'n Ackergaul! Alles umsonst! Der DDR-Fußball wandelt weiter in ausgefahrenen Gleisen, stagniert, entwickelt sich rückläufig, wenn in diesem Zusammenhang das Wort ›entwickelt‹ überhaupt gebraucht werden darf.

»Jetzt wird's vielleicht gehn!«

Daß ihr mir auch für die nächste Saison euer Vertrauen geschenkt habt, ehrt mich, ist es doch immerhin vier meiner Oberligakollegen entzogen worden. Auch die Frage, ob ich die Nationalelf trainieren würde, hat sich, nachdem alle Übungsleiter angesprochen wurden, durch Rudis überraschendes Jawort von selbst erledigt. Für uns ist wichtig, daß wir unserem Erfolgsstil treu bleiben. Das bedeutet: Nicht so spielen wie die Oberliga! Also keine Manndeckung! Kein Pärchenbetrieb! Keine Holzerei! Keine Provokationen! Kein Anti-Stürmer-Fußball! Mit diesem Oberligagehacke kann man vielleicht in den Großstädten die Bürger noch anlocken, hier bei uns aber, wo es etwas ländlicher ist, muß ein freudbetonter interessanter Fußball geboten werden. Bitte, liebe Freunde, erhebt euch von den Plätzen! Und stimmt mit ein: ›Traktor nullsieben, Traktor nullsieben – das ist die Mannschaft, die wir lieben!‹«

Ottokar Domma

Unser Herr Sportlehrer Stramm

Damit wir Kinder nicht unter der Fettsucht leiden müssen, hat zum Beispiel ein Herr Friedrich Jahn, zusammen mit unserem Herrn Sportlehrer Stramm, das Turnen erfunden. Die tollsten Turner und Sportskinder unter uns nennt man auch Sportskanonen, wozu mein Freund Harald und ich zählen. Mächtig in Form sind auch die Zwillingsbrüder Ralf und Benno Raschke. Es sind eineiige Zwillingsbrüder. Warum weiß ich nicht, und unser Herr Biologielehrer hütet sich vor solchen Gesprächen. Im Gegensatz zu den Zwillingskanonen stehen der Pillenheini und die dicke Mia. Der Pillenheini ist ein Schlacks und die dicke Mia wie ein Qualle ohne Muskeln und Kraft, nur Saft. Sie ernährt sich hauptsächlich von Brausen, Torten und Süßigkeiten. Die meisten Knaben und Mädchen treiben aber gern Sport und beschreiten den steilen Pfad zur Sportnation, wie es in der Zeitung heißt.

Jetzt will ich ein bißchen eine Turnstunde schildern. Nachdem wir uns alle ausgezogen und wieder halb angezogen haben, schreitet unser Herr Sportlehrer Stramm stolz und mit gehobenem Kopf in die Mitte des Turnsaales. Der Herr Stramm muß so gehen, damit er etwas größer aussieht. Dann läßt Herr Stramm einen Triller aus seiner silbernen Pfeife, und wir müssen uns aufstellen, entweder so oder so. Meistens in Ausgangsstellung. Jetzt kommen gymnastische Übungen dran, bis es überall in unseren Muskeln zieht. Herr Stramm geht auch manchmal zu diesem oder einem anderen gymnastischen Knaben und tadelt entweder sein Gesäß oder seinen Buckel oder seine Knickbeine. Zwischendurch müssen wir uns ausschütteln. Hinterher turnen wir meistens an den Geräten oder treiben Leichtathletik, oder wir spielen mit Bällen, zum Beispiel mit dem Arzneiball.

Die meisten Mädchen und Jungen betreiben gern Sport und beschreiten den steilen Pfad zur Sportnation, wie es in der Zeitung heißt.

Bei den Mädchen gibt unser Fräulein Heidenröslein Sport, und wir schauen sie gern an. Sie ist viel zahmer als der Herr Stramm. Während wir Knaben nach seiner Pfeife flitzen müssen, tanzen die Mädchen meistens nach einer abgesägten Trommel. Fräulein Heidenröslein ruft dann immer in die Mädchen hinein, sie sollen sich schön strecken und ihre Brust hervorheben und die Arme und Beine elastisch schmeißen. Während unser Herr Stramm jeden Patzer bestraft, spricht Fräulein Heidenröslein wie eine sanfte Prinzessin zur schweren Wally, sie muß sich nicht fürchten, und sie wird den Bocksprung schon noch lernen. Der beste Bock im Springen ist der Schücht. Er sprang sogar über unseren Herrn Stramm und hat sich nur den Fuß verstaucht.

Der liebste Sport im Sommer ist das Schwimmen und das Tauchen. Als unser Herr Stramm einmal zur Toilette mußte, tauchten wir Knaben um die Wette. Ich konnte am zweitlängsten tauchen, weil ich es öfter in der Badewanne übte. Am längsten tauchte Schweine-Sigi. Als unser Herr Stramm wieder zurückkam, fragte er, warum wir so ins Wasser starren. Wir sagten, der Schweine-Sigi ist unten, und er wird Taucherpräsident. Da sprang der Herr Stramm wie ein Blitz hinein und holte den Sigi rauf. Der spuckte wie ein Walfisch und wie ein glücklicher Sieger, wogegen unser Herr Stramm ganz blaß und zitterig war und sprach, daß er uns nicht mehr den Buckel zeigen kann, weil sonst ein Unglück passiert. Seitdem kämpfen wir nicht mehr um den Titel Taucherpräsident, sondern nur um den Kreispokal.

Ottokar ist beim Sportfest meistens ein Favorit im Radrennen.

Dieser sieht aus wie eine alte Vase aus der Rumpelkammer und steht in einem Glaskasten auf dem Flur. Und er wird immer wieder zum Schulsportfest gespendet. Das Schulsportfest ist ein Höhepunkt, an dem sich alle Lehrerinnen und Lehrer beteiligen müssen, entweder als Sandharker oder als Stoppuhrdrükker oder als Meßlattenaufheber oder als Temporufer oder als Schreiber.

Unsere Frau Seidenschnur zieht sich zum Fest immer eine mächtig flatternde Trainingshose an und verteilt wichtige Ratschläge, zum Beispiel, der Sport macht jung und gesund, und wir sollen sie ansehen; oder sie spricht, in einem gesunden Körper lebt ein Geist. Auch Fräulein Bella Kohl verkleidet sich sehr schön mit weißen Bäckerhosen, welche bald platzen. Auch trägt sie eine Sonnenbrille und die Verantwortung für die Listen. Unser Herr Direktor Keiler läuft dann immer von einem Lehrer zum anderen und fragt, ob sie klar sind. Er verkündet danach in einer Ansprache, welche hohen Gäste uns zuschauen. Auch geht er an diesem Tage nicht so gebeugt wie sonst. Unser Herr Sportlehrer Stramm blickt uns Knaben vor dem Wettkampf tief in die Augen und murmelt, wir sollen alles aus unserem Körper herausholen, und unser Herr Kurz organisiert einen sprechenden Chor, der uns Kämpfern Gedichte zubrüllt,

zum Beispiel »Rangeklotzt und noch ein Tor, kämpft um den Sieg wie nie zuvor!« oder »Alle Pioniere singen, Ottokar muß weiterspringen!« und viele andere selbstgedichtete Werke.
Unser Herr Burschelmann spendete beim letzten Sportfest sogar eine Startpistole, und er durfte sie zum Dank abballern. Deswegen war mein Freund Harald diesmal nicht der schnellste Läufer. Das kam so: Herr Burschelmann schoß, unsere Frau Seidenschnur schrie vor Schrecken um Hilfe, und mein Freund Harald kam vor lauter Lachen nicht richtig zum Spurt.
Ich bin beim Sportfest meistens ein Favorit im Radrennen. Das kommt vielleicht daher, weil ich eine sportbegeisterte Mutter habe. Vor jedem Matsch spricht sie zu ihrem Sohn: Hoffentlich gewinnst du, Ottokar, aber fahr bloß nicht so schnell, mein Junge, hör auf deine Mutter!

Unser Herr Sportlehrer Stramm ist auch der sparsamste Lehrer, und man muß sich daraus ein Vorbild machen. Er schont am meisten seine Anzüge, Westen, Hemden, Socken, Schlipse und Hosen, weil er meistens im Trainingsanzug rumläuft. Man nennt das auch Berufskleidung, und sie ist praktisch. Man kann damit turnen, schlafen, demonstrieren, ein Bierchen trinken, die Eltern besuchen, auf dem Bauch kriechen, radfahren, Aufbaustunden machen und schnell hinein- und wieder hinausschlüpfen. Auch trägt er als Schmuckstück um den Hals eine silberne Trillerpfeife. Einmal sind mein Freund Harald und ich an Herrn Stramm vorbeigerannt, ohne ihn zu grüßen. Er rief, ob wir ihn vielleicht nicht mehr kennen. Wir sagten nein. Es war am Hochzeitstag von Herrn Stramm nebst Braut. Diese muß eine verschwenderische Person sein, weil sie unseren Herrn Stramm gezwungen hat, einen richtigen Anzug anzuziehen, so daß ihn keiner mehr erkennen konnte.

Eulenspiegeleien

Dynamo Dresden und Bayern München sind im UEFA-Cup als Gegner ausgelost worden. Zum ersten Mal spielt eine Mannschaft aus der 1. Bundesliga im Osten. Besorgt fragen Reporter aus dem Westen an: »Bayern München, die kennt bei Ihnen doch keiner. Wird das Stadion denn auch gefüllt?« Antwort der Verantwortlichen aus Dresden: »Mit Sicherheit, mit Sicherheit.«

„Gestatten, Dr. Meyer, Irrenarzt! Wo ist hier der Idiotenhügel?"

● Woran liegt's Ihrer Meinung nach, daß die Erfurterinnen so schnell auf dem Rücken sind?

»Völlig sinnlos, dieses Speerwerfen. Ich hab noch nie gesehen, daß einer was getroffen hat.«

Der sowjetische Partei- und Staatsführer Leonid Breshnew und USA-Präsident Ronald Reagan können sich auf einem Gipfeltreffen nicht einigen, wer von ihnen der Bedeutendere sei und das bessere Gesellschaftssystem vertrete. Sie beschließen, die richtige Antwort durch ein Autorennen mit ihren Staatskarossen zu ermitteln. Reagan gewinnt mit einer Radlänge Vorsprung. Am nächsten Tag meldet das Neue Deutschland: »Bei einem Internationalen Autorennen am Rande des Gipfeltreffens belegte unser verehrter Genosse Breshnew einen hervorragenden zweiten Platz, während USA-Präsident Reagan nur Vorletzter wurde.«

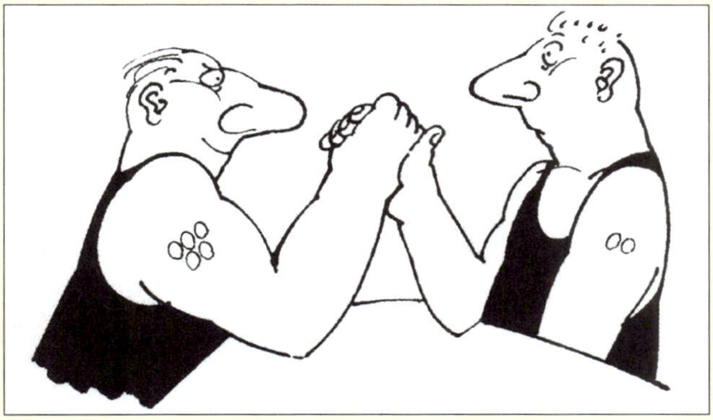

Hansgeorg Stengel

Jungbrunnen Sport

Falls du keinen Sport treibst, laß dir raten:
Greif zum Ball, Expander oder Speer.
Fröne Liegestützen und Spagaten
und mach täglich einen Klimmzug mehr.

Beug den Rumpf, versuch dich mal als Sprinter,
geh ins Wasser oder geh aufs Eis,
mach dich fit im Sommer wie im Winter,
solo oder im Familienkreis.

Oder, meinetwegen, werde Kegler
(selbstverständlich einer ohne Bier),
Bogenschütze oder Drachensegler,
oder geh zum Federballturnier.

Boxen sei zu rauh und zu verwegen?
Bitte schön. Versuchs mit Stabhochsprung.
Eins ist nämlich nicht zu widerlegen:
Nur aktive Jünger Jahns sind jung.

An mir selber hab ich das erfahren,
als ich Frühsport trieb und immerhin
seinerzeit (vor fünfunddreißig Jahren)
jünger war, als ich geworden bin.

Surfen? – Nein, danke. In der DDR heißt es Brettsegeln, und der Heimwerker bekommt 1981 durch das Magazin »practic« auch gleich eine Anleitung, wie er sich ein Surfbrett, pardon, Brettsegel bauen kann.

Hans Krause

Sportmonolog vor der Mattscheibe

»Hertha, bring Kaffee! Der 10000-Meter-Lauf jeht los. Wird er's schaffen? Klar wird er's schaffen. Der Junge is prächtig, läuft wie'n junger Jott. Und wenn wir alle die Daumen drücken ... Wat heißt denn det, die andern drücken auch! Du kannst einem wirklich jeden Jenuß vermiesen! Haste denn gar keinen Nationalstolz? Also, ick sare dir, der Junge is Jold wert. Der wird's machen!

Wenn du dauernd mit deine albernen Salzstangen raschelst, kann ick nich hören, wat der Oertel sacht.

Da, jetzt kommen sie. Hertha, jieß ein! Willste 'ne Zigarette? Lauf doch nicht immer über die Bahn, geh hintenrum und mach'n Kronleuchter aus! – Achtung! Peng! Ab die Post! Mach's jut, Junge, wir sind ja bei dir! Setz dich hin, Hertha! Du sollst dich hinsetzen! – Der da mit dem dunklen Trikot, det isser. Hat er nicht einen idealen Stil? Bitte? Stabhochsprung? Quatsch! Stil wie Stil und nich wie Schtiehl! Das ist die Art, wie er läuft. – Jawohl, du hast auch Stil.

Jetzt schiebt er sich nach vorn. Ob er das darf? Warum soll er das nicht dürfen? Quatsch, der drängelt nich! Det heißt eben so. – Kuck mal, jetzt liegt er schon auf dem sechsten Platz. Ich sag's ja, der Junge ist klasse. Der macht das Rennen. Die erste Goldne is uns sicher.

Nun setz dich doch endlich hin, Hertha! Was suchste denn schon wieder? Dein Strickzeug? Du willst doch nicht etwa dabei stricken? So etwas tut man nicht! Das ist Mißachtung unserer Sportler. Unsre Jungen haben es verdient, daß wir in diesen entscheidenden Tagen ganz – ich betone: ganz bei ihnen sind. Und wie willst du Daumen drücken, wenn du dauernd das Strickzeug in den Fingern hast? – Nanu, wo ist denn unser Mann? Was denn? Nein! Doch! Zurückjefallen is er, zurückjefallen! Daran ist bloß deine ewige Strickerei schuld!

Nun los doch, Junge, aufschließen, aufschließen! Er macht nicht gerade den frischesten Eindruck. Wir hätten vielleicht doch lieber den Dings nach Moskau schicken sollen. Der hier ist doch dem Klassefeld nicht gewachsen! Das sieht man doch. So eine Null! Jetzt läßt er den Australier noch vorbei! Haben eben keine Ahnung, die Leute.

Was ist denn nu schon wieder? Nein, ick will keine Salzstangen! Setz dich hin! Nanu? Ja!!! Jetzt kommt er wieder! Feste, Junge, feste! Mach dich nach vorn! Sieh mal, wat der noch drinne hat! Hatte sicher bloß 'ne kleine Schwächeperiode. Wär ja auch 'n Ding! Hält den Europarekord, steht mit in der Weltbestenliste und läßt sich hier so einfach abservieren? Ich hab's ja immer gesagt, der Mann is klasse! Klasse! Klassee!! – Haste keine Salzstangen? Warum bringst du denn keine auf 'n Tisch? Aber komm gleich wieder! Toll, wie der losgeht! Ein Taktiker, wie er im Buche steht! Hätte ick bloß mit Kohlmeise gewettet! Wollte mir doch einreden, det wir nich die Goldene ... Wat'n nu ...? Nein!! Det kann doch nich wahr sein! Paß uff, Junge, der Tunesier zieht det Tempo an! Aufpassen, aufpassen! – Geh weg, mit deine Salzstangen! – Wat sacht der Oertel?? Wenn du dauernd mit deine albernen Salzstangen raschelst, kann ick nich hören, wat der Oertel sacht! – Fuffzig Meter! ... Fuffzig Meter hat er verloren! Lauf, Mensch, lauf! Warum läuft er denn nich? – Aber jetzt läuft det Bild! Mach mal richtig, Hertha! – Nein, nich *den* Knopp! Den andern! Jetzt isset janz weg! Wenn man dich schon mal an'n Apparat läßt! Geh mal weg! – So, da ham wir's wieder! – Wo ist er denn jetzt? – Abgeschlagen! Ick hab's ja geahnt! – Flasche!!! Wo willste denn hin? Nein, ick will kein Bier! Er ist 'ne Flasche! Warum? Da fragst du noch? Er hat mich enttäuscht, mein Vertrauen mißbraucht! Man schlägt sich in gutem Glauben die halbe Nacht um die Ohren, drückt sich die Daumen wund, und wat macht er? Er läßt sich einfach abhängen.

Mach den Kasten aus! Ick bin bedient! Wat denn, du willst den Lauf bis zu Ende sehn? Ja, worauf wart'st du denn noch? Du willst wissen, wer gewinnt? Sie will wissen, wer gewinnt!!! – Du kannst also seelenruhig sitzen bleiben und zukieken wie andre die Medaillen kassieren? Wat heißt denn det: Die andern haben auch gute Läufer?! Mach den Kasten aus und deck die Betten ab. Wat verstehst du schon von Sport!«

»Wir können den Europarekord nicht anerkennen. Sie hätten mit dem Stab springen müssen.«

Ernst Röhl

Die Freundschaft, die Freundschaft ist eine Himmelsmacht

Fußball, Fußball nichts als Klagen!
Soweit richtig, unbedingt.
Doch erlaubt mir, vorzuschlagen,
was uns endlich vorwärtsbringt.

In den Freundschaftsspielen immer
sieht man, daß die Mannschaft steht,
dafür wird es schlimm und schlimmer,
wenn es um die Punkte geht.

Ergo: Weg mit dem perfiden,
hinderlichen Leistungsdruck!
Freundschaftsspiele, Ruhe, Frieden,
Brüderschaft beim Freundschaftsschluck!

»Immerhin, ein Hauch von Spanien!«

Einer schenkt dem andern Rosen,
ohne Dornen klarer Fall.
Welch ein Küssen und Liebkosen,
erst den Mann und dann den Ball!

Händchenhalten, Tätscheln, Schmeicheln,
auch einmal ein Kompliment;
nach und nach erwacht beim Streicheln
manches schlummernde Talent.

Wer besonders nett und lieb ist,
reiht sich bald schon still und fein,
weil er so ein sanfter Typ ist,
in die Nationalelf ein.

7. Kapitel

Unter vier Augen

Über Verliebte und Verheiratete

Frauenpower in den Farben der DDR hieß Frauenemanzipation, wie sie aussah, zeigte 1981 der Film »Unser kurzes Leben« nach dem Roman »Franziska Linkerhand«: Eine junge, geschiedene Architektin geht für ein Jahr in eine Provinzstadt, um dort am Aufbau einer **sozialistischen Großsiedlung** mitzuwirken. Sie nimmt den Kampf gegen die Zwänge der Praxis auf, will Ideal und Wirklichkeit in Übereinstimmung bringen und opfert ihre neue Liebe dem großen Ziel. Daß es im Miteinander von Mann und Frau auch nach traditionellen Verhaltensmustern zugeht, ist beliebtes Thema der Humorgeschichten: Vom Zoff eines Paares vorm Fernseher erzählt Heli Busse, von der erotischen Ausstrahlung eines geheimnisvollen Fremden Johannes Conrad, von einem Ehestreit aus nichtigem Anlaß Rudi Strahl. Und auch die Witze widmen sich der neuen Qualität der zwischenmenschlichen Beziehungen: Unterhalten sich zwei Männer: »In meiner Ehe gibt es eine gute Arbeitsteilung zwischen meiner Frau und mir, so kommt es zu keinem Streit. Ich entscheide die großen Dinge, sie die kleinen.« – »Und was wären die kleinen?« – »Ob wir in den Urlaub fahren, neue Möbel kaufen usw.« – »Und die großen?« – »Ob wir für den Sozialismus sind und für den Frieden ...«

Heli Busse

Nächte im Tunnel sind lang

Über die Auswirkungen des Fernsehens auf das Eheleben gibt es eine Vielzahl recht unterschiedlicher Meinungen. Ernst zu nehmende wissenschaftlich gesicherte Erkenntnisse darüber sind jedoch, falls sie überhaupt vorliegen, bislang kaum an die brennend interessierte Öffentlichkeit gelang. Die Frage »Ist das Fernsehen ehefeindlich oder nicht?« wird in unserem sonst nahezu lückenlos von der Wissenschaft durchdrungenen Leben praktisch noch immer in jeder Ehe individuell entschieden. Immerhin scheint jetzt aber doch eines festzustehen: Fernsehen *muß* die Kommunikation zwischen Ehepartnern nicht notwendig und völlig unterbinden. Ehen – so meinen Soziologen herausgefunden zu haben – Ehen, deren Partner bei der gemeinsamen Betrachtung des Fernsehprogramms nicht stumm blieben, sondern öfter mal miteinander reden, sind noch in Ordnung und von Bestand. Hierzu im folgenden ein willkürlich herausgegriffenes Beispiel.

Sag nicht bei jedem Film: Wir haben ihn gesehen. Ich habe ihn nicht gesehen!

»Irene!« rief der Mann aus dem Sessel heraus. »Wo bleibst du denn? Der Krimi hat angefangen!« – »Bin sofort da!« antwortete die Frau aus der Küche, und der Mann hörte sie durch den Korridor heranstampfen, sich in den Sessel neben ihn werfen und fragen: »Wie heißt er denn?«

»Nächte im Tunnel sind lang«, sagte der Mann, »und wir haben ihn noch nicht gesehen.« – »Vielleicht doch«, widersprach die Frau. »Die Sache mit dem Bankraub. Also ich finde das schon langweilig – immer Bankraub.«

»Es geht nicht um Bankraub«, sagte der Mann, »sondern um eine Erbschaft.« – »Ja, dann haben wir ihn gesehen!« behauptete die Frau. »Ein englischer Krimi. Spielt in einem mittelalterlichen Schloß. Es ist immer dasselbe.«

Serien von Schüssen in einer matt erleuchteten Tiefgarage zerrissen das Gespräch der Ehepartner. Ein Toter war das magere Ergebnis des massiven Einsatzes von Maschinenwaffen.

»Sieht mir nicht nach einem mittelalterlichen Schloß aus«, sagte der Mann. »Außerdem ist es ein französischer Film« – »Aha, dann haben wir ihn gesehen«, behauptete die Frau wieder. »Wo in der Metro immer diese Morde passieren.«

»Sag nicht bei jedem Film: *Wir* haben ihn gesehen. *Ich* habe diesen Film nicht gesehen«, sagte der Mann. »Ich weiß doch, was

ich gesehen habe!« – »Haha!« lachte die Frau. »Du hast gestern auch Willmanns in der Straßenbahn gesehen. Dabei sind sie seit einer Woche in Thüringen auf Urlaub. Morgens hattest du noch die Karte gelesen, die sie uns geschickt haben. Aber das hast du restlos vergessen. Also tu nicht immer so, als wäre Verlaß auf dein Gedächtnis. Sieht Willmanns in der Straßenbahn!«
»Von weitem«, sagte der Mann. »Irren ist menschlich. Und nun versuch mal, dich auf den Film zu konzentrieren, sonst muß ich dir nachher wieder stundenlang erklären, was passiert ist.« – »Nicht nötig«, sagte die Frau, »ich weiß, was passiert, weil wir den Film schon gesehen haben. Paß auf, gleich wird aus dem Hausflur geschossen, und auf dem Boulevard bricht ein Mann zusammen.«
Auf dem Bildschirm jagen zwei schwere Wagen auf einer kurvenreichen Gebirgsstraße mit hoher Geschwindigkeit aufeinander zu. »Weit und breit kein Hausflur!« sagte der Mann. »Läuft nicht so, wie du dachtest, was? Nun stürzt eine Welt zusammen! Meine Frau hat sich geirrt! Wenn du doch wenigstens einmal in deinem Leben zugeben würdest, daß du dich geirrt hast!« – »Was soll ich zugeben?« fragte die Frau. »Daß du den Film vielleicht wirklich nicht gesehen hast? Du gehst abends ja öfter mit Arno in den Hirtenkrug.«

»Ich wußte, daß das jetzt kommt!« stöhnte der Mann. »Und ich weiß sogar, was als nächstes kommt! Vergiß also nicht zu sagen, daß Biertrinken fett und dumm macht!« – »Ich sag ja gar nicht, daß du fett bist«, sagte die Frau, »aber du vergißt alles. Oder hast du Willmanns angerufen, wie ich dir das gesagt habe?«
Nur noch ein Tunnel trennte die beiden auf der Gebirgsstraße mit hoher Geschwindigkeit aufeinander zurasenden schweren Wagen. »Wie«, fragte der Mann, »wie hätte ich Willmanns anrufen können, wenn sie überhaupt nicht hier sind, sondern seit einer Woche in Thüringen auf Urlaub?« – »Ja, aber das hattest du auch vergessen, weil du wußtest, daß sie nicht hier sind, sondern du hast sie nicht angerufen, weil du vergessen hattest, daß du sie anrufen sollst! Mach dir doch nichts vor!«
Nach einem grauenhaften, alles Leben vernichtenden Zusammenstoß der beiden schweren Wagen im Tunnel kroch aus

einem der Autos ein blutüberströmter Mann und schoß auf den blutüberströmten Mann, der aus dem anderen Auto kroch.
»Ich kann diese Schießereien schon nicht mehr sehen!« sagte die Frau. »Es ist immer dasselbe!« – »Banküberfälle sind immer dasselbe, Schießereien sind immer dasselbe – wenn du so willst, ist jeder Mord irgendwie dasselbe – geh ins Bett, wenn dich alles so entsetzlich langweilt!«
»Tu doch nicht so«, sagte die Frau, »als ob dir das nicht völlig egal wäre, ob ich mich hier oder im Bett langweile! Da ist es ja auch immer dasselbe: Du kommst, fällst wie tot um und schnarchst. Rch-rch. Direkt ekelhaft.«
Auf dem Bildschirm explodierte eines der Autos.
»Hast du wenigstens nicht vergessen, dir in der Autowerkstatt einen Termin zu holen?« fragte die Frau. – »Nein, natürlich nicht!« antwortete der Mann. – »Natürlich nicht!« fuhr die Frau fort. »Das möchte ich mal erleben. Ist nun das Auto von dem Mörder oder von dem Erben explodiert?«

Wenn die Partner bei der Betrachtung des Fernsehprogramms öfter mal miteinander reden, sind die Ehen in Ordnung.

»Der Mörder und der Erbe sind eine Person!« behauptete der Mann. – »Woher willst du das wissen? fragte die Frau. – »Na, wahrscheinlich doch, weil ich seit einer Stunde hier sitze und mir den Film angukke!« sagte der Mann.
Aus dem Tunnelmundloch schoß eine gewaltige Stichflamme, die einen der blutüberströmten Männer über einen Abgrund hinunter ins Meer schleuderte, das wild zu kochen begann.
»Ja, du guckst dir den Film an!« sagte die Frau. »Ich versuche, mal mit dir über ein paar Probleme zu reden, weil man sonst nicht reden kann mit dir, aber du guckst dir diesen Quatsch an, den du schon dreimal gesehen hast. Ich glaube, mich hast du in der ganzen Zeit nicht halb so oft angeguckt!«
»Wieviel ist die Hälfte von dreimal Angucken!« wollte der Mann wissen. »Aber gut! Ich guck dich jetzt an, guck her, ich guck dich an! Und dabei fällt mir auf, daß ich dich schon öfter als dreimal gesehen haben muß. Und morgen werde ich dich bestimmt auch wieder sehen. Morgen und übermorgen ...«
»Ja, so ist das«, sagte die Frau. »Reg dich doch nicht immer wieder so auf darüber, sondern gewöhn dich endlich dran. Ich muß dich ja morgen auch wieder sehen, aber hörst du mich jammern? Was ist morgen überhaupt?«
»Morgen kommt der dritte Teil der Familienserie, die wir schon zweimal gesehen haben«, sagte der Mann. – »Aber die war nett, nicht wahr?« meinte die Frau. – »Ja, die war ganz nett«, gab der

Mann zu. – »Gucken wir uns ruhig noch mal an?« fragte die Frau. – »Ja, warum nicht?« meinte der Mann. »Manchmal mußte man richtig lachen …«
Der blutüberströmte Überlebende kroch aus dem Tunnel und blickte nachdenklich ins kochende Meer. Ende.
Der Mann und die Frau erhoben sich und strebten ihrem Schlafgemach zu.
In der Tat scheint der Bestand dieser Ehe gesichert, und so haben augenscheinlich jene recht, die behaupten, daß die Ehen noch in Ordnung sind, deren Partner bei der gemeinsamen Betrachtung des Fernsehprogramms öfter mal miteinander reden. Voraussetzung dafür scheint allerdings zu sein, daß häufig Wiederholungen gesendet werden und nicht allzuoft Neues. Aber diese Gefahr besteht ja wohl nicht.

Rudi Strahl

Ehelicher Zwist

Sie Wie ich das hasse: gleich beim Frühstück Streit ...!
Er Mir ist schon längst der Appetit vergangen!
Sie Dann sei doch still und sag: »Es tut mir leid!«
Er Wieso denn ich? Hab ich denn angefangen?
Sie Natürlich hast du ...
Er Ich?
Sie O ja!
Er Nein, du!
Sie Du spinnst.
Er Ich warne dich!
Sie Laß mich zufrieden!
Er Aha, du kneifst! Jetzt höre mir mal zu ...!
Sie Ich wünschte nur, wir wären schon geschieden!
Er Vielleicht wär's wirklich besser für uns zwei, uns ein für allemal adieu zu sagen ...
Sie Adieu!
Er Leb wohl!
Sie Mach's gut!
Er Jetzt ist's vorbei!
Beide Natürlich könnten wir uns auch vertragen ...!

Margot Honecker trifft Inge Lange. »Stell dir vor«, sagt sie, »ich habe für meinen Erich eine Erstausgabe vom ›Kapital‹ bekommen!«
»O ja«, sagt Inge Lange begeistert, »das war ein guter Tausch.«

Eulenspiegeleien

Journalisten aus der Bundesrepublik haben auf Einladung des Außenministeriums der DDR den Osten bereist und werden auf einer Pressekonferenz befragt, ob ihnen an diesem anderen deutschen Staatsvolk besondere Eigenschaften aufgefallen seien. Antwort: Ja. Es sind das Ehrlichkeit, Intelligenz und Liebe – zu Erich Honecker. Mit einer kleinen Einschränkung: Jeweils eine dieser drei Eigenschaften trifft nicht zu. Entweder sie sind ehrlich und lieben Erich Honecker, dann sind sie nicht intelligent. Oder sie sind intelligent und lieben Erich Honecker, dann sind sie nicht ehrlich. Oder sie sind ehrlich und intelligent, dann lieben sie nicht Erich Honecker.

Wer hat Lust, mit mir Freund u. Leid zu teil.? Ich bin 48 J., wbl.,

Wem gehen private Dinge etwas an?

„Ich fahre eben mal schnell nach Damaskus, Annemie, dort soll es ausgezeichnete Modelle vom Deutschen Modeinstitut geben."

„Die Standesbeamtin mußte heute freinehmen, weil sie im Laufe des Tages ihre Kohlen kriegen soll."

Thema: Prophylaktische Maßnahmen zur Bekämpfun des Geschlechtsverkehrs
Referent: Frau Jahn

Langspielplatten mit den Lauten vom Vögeln und Fischen

Johannes Conrad

Der Geheimnisvolle in der »Glücksquelle«

Am Stammtisch der Eckkneipe »Glücksquelle« saßen die unverheiratete Aushilfskellnerin Erni Knabe, eine stattliche, brünette Vierzigerin mit etwas Damenbart, und ihr Freund, der Invalidenrentner Karl Gutebrecht, einer der wahrscheinlich magersten Menschen, die je auf unserem Planeten wandelten, beide leicht angeduselt, vor sich die Molle und den Klaren. Gerade hatte Karl Gutebrecht der interessiert lauschenden Erni Knabe das komplizierte Muster seines selbstgestrickten Pullovers erklärt, und jetzt sprachen sie über den im Augenblick wegen Übelkeit spinatgrün zur Toilette wankenden und seit zwei Wochen geschiedenen Kleindarsteller Egon Krampe.

Es war Donnerstagabend. Die Kneipe war ziemlich voll. Einige Gäste auch. Berge von Buletten nach Art des Hauses gingen den Weg allen Fleisches, und über dem gedämpften Stimmengemurmel hing ein blaugrauer Himmel aus Mostrichgeruch, Bierdunst und Zigarettenqualm, eine angenehm gesunde Atmosphäre eben, denn wie sagt doch der Kenner: Der Tod des Oberkellners sind frische Luft und Brause!

Da betrat dieser braungebrannte Hüne die Kneipe, ein Kerl wie aus Jack Londons gesammelten Werken.

Melancholisch nickend, kippte der Invalidenrentner Karl Gutebrecht seinen Korn in den spitzen Mund, und die romantisch veranlagte Erni Knabe rief gerade: »Egon ist ein leichter Hund, eine Künstlernatur eben, ein Bohämienk oder wie man das nennt, aber er wird es schon meistern, er darf eben nur nicht dauernd den ollen Magenfusel saufen, die Klapsrübe!«, da betrat dieser braungebrannte Hüne die Kneipe.

Es war ein Kerl wie aus Jack Londons gesammelten Werken: das khakifarbene Hemd über der behaarten Brust geöffnet, unter den Ärmeln der Wildlederjacke wölbten sich die zweiköpfigen Oberarmmuskeln wie riesenhafte Eierpflaumen, er trug nagelneue Schuhe mit Porokreppsohle und hatte die modische Schiffermütze in den Nacken geschoben. Federnd durchquerte er die Kneipe, stützte sich auf den Tresen, ließ sich von Otto ein Bier herüberschieben und trank – trank wie ein Mann aus der Putzerbrigade oder aus dem Kleinen Mahagonny von Brecht: nachdenklich, genießerisch, vielleicht sogar etwas schwermütig, wobei er die kantige Nase wölfisch witternd nach vorn schob und die Augen abwesend ins Weite richtete – hellblaue, durchdringende Augen, Augen von der Farbe des Aquamarin, wie man ihn in Transbaikalien findet, Augen wie Grönlandeis, die wohl schon so manche Frau blödsinnig vor Liebe gemacht hatten.

Der Kerl stank förmlich nach der fernsten Ferne: nach den Kapverdischen Inseln, nach Alaskas Wäldern und der Tundra, nach Sumatra-Nashörnern und einem herben Rasierwasser FOR MEN aus Importrohstoffen. Der war keine Zimmerpflanze! Erni Knabe nickte ihrem Freund Gutebrecht bedeutungsvoll zu und lachte mit einem glitzernden Blick auf den Fremden papageienhaft auf.

Der Invalidenrentner Karl Gutebrecht schüttelte den Kopf und musterte den weitgereisten Kerl verächtlich. Der Weitgereiste bemerkte nichts davon. Er trank sein Bier, weiter nichts. Vielleicht war er Korrespondent der NBI in Sibirien oben, am wildschäumenden Jenissei, oder in Südamerikas orchideenreichen Dschungeln? Niemand konnte das sagen, denn in der Eckkneipe »Glücksquelle« verkehrte sonst nur die nächste Umgebung, nicht so einer vom Amazonas. Schweigend trank der Fremde seinen halben Liter. Schweigend warf er sich eine Importzigarette der Marke Pall Mall zwischen die blendendweißen Zähne, schweigend und nachlässig, wobei sich die harten Lippen zu einem spöttischen Lächeln kräuselten.

Ein geheimnisvoller Mensch, eine vagantische Natur, flüsterte sie.

Erni Knabe nickte nachdenklich. Ein Schweiger! Vielleicht hatte er gestern noch in einem der atlantiküberquerenden Riesenbrummer der Aeroflot gesessen und den von einer katzenäugigen Stewardeß kredenzten Wodka oder einen sogenannten Whisky on the Rocks mit Eiswürfeln in sich hineingeschlürft, der keifenden Bambusbären in irgendwelchen grauenhaften Gebirgswäldern gedenkend?

Erni Knabe warf den Kopf in den Nacken und produzierte erneut ihr Papageienlachen, von dem sie annahm, es hätte eine ungemein erotische Wirkung auf Männer aller Altersgruppen. Erstaunt blickte der Invalidenrentner Karl Gutebrecht sie an, schüttelte den Kopf über die Treulosigkeit der Weiber und überhaupt und bestellte zwei neue Mollen und zwei Klare bei der Kellnerin. »Zwee Mollen mit Kompott, Herta!« brummte er und nickte bitter, weil er zu gutmütig war. Er war eine Seele von Mensch, verflucht noch mal! Warum setzte er nicht auch mal

ein diabolisches Grinsen auf und pfiff eiskalt auf seine spendablen Gesten?
»Ich bin ein schwacher, guter Mensch, ich Rindvieh!« dachte der Invalidenrentner Karl Gutebrecht traurig.
Der fremde Kerl hatte sich inzwischen auch ein neues Bier herüberschieben lassen. Dabei lächelte er wie ein Kind vor sich hin. »Vielleicht denkt er jetzt an seine braunhäutige, süßbrüstige Geliebte von den Kleinen Antillen«, dachte Erni Knabe und stellte sich vor, die Süßbrüstige wäre sie. Erneut lachte sie papageienhaft auf. Der Fremde beachtete weder Erni Knabes Lachen noch die bewundernden Blicke der anderen Frauen. Selbst das gehässige Grinsen einiger Schmerbäuche ignorierte er. Er stand an der Theke und trank sein Bier, ein geheimnisumwitterter Leuchtturm aus Yokohama.
»So«, dachte der Leuchtturm, »so, denn hätt ick also bis jetzt zweehundat plus dreihundat plus zweehundatfuffzig plus einhundertdreißig Piepen extra jemacht, det macht außa det Krankenjeld – warte mal! –, det macht achthundatachtzig blanke Eia off de Hand; und jetzt werd ick zahln! – Und denn«, dachte er, wobei erneut ein kindliches Lächeln sein scharfgeschnittenes Gesicht überzog, »und denn vakrümle ick mir in meine Bude und reiß mir die vadammten neuen Salamandakähne von die heißen Knochen, det drückt ja wie die Pest! Und denn steigste in deine Filzpantoffeln, Williken, mein Kleena, wa? Denn ziehste dir det Nachthemde von Papan üba die Ohren und brätst dir een anständijen Otto Hausmachablutwurst! Dazu wärm ick mir den Sauakohl von jestan uff. Det wird ein Jöttafraß, Mann! Und denn hau ick mir in meine Koje offs Ohr und penn scheen, wa, damit ick die nächsten Tage richtig fit bin, wenn ick die vadammte Fundamentjrube für den vadammten Mehnert ausschachte und det vadammte Fundament für die vadammten Schüppers jieße, denn ab Montag bin ick wieda jesund jeschrieben, denn kann ick wieda Fliesen lejen, lauta vadammte kleene Fliesen, lauta dämliche Fliesen, oh, Mann!« Hierbei verfinsterte sich sein hartes, schönes Menschenantlitz. Es war wie ein Wolkenschatten über dem Erzgebirge.
»Jetzt denkt er sicher an eines seiner erbarmungslosen Erlebnisse in der sibirischen Taiga, vielleicht an einen Kampf mit einer menschenfressenden Tigerin, mit so einer Bestie, wie sie kürzlich von der BZA in Indien erlegt wurde, wer weiß? Oder errichtet er gar als leitender Diplomingenieur irgendwelche Chemiegiganten in exotischen Ländern und hat was ver-

Was macht den DDR-Mann aus dem Jahre 1981 unwiderstehlich? Mode aus dem VEB Einheits-Chic.

murkst?« dachte Erni Knabe, welche sich gar nicht satt sehen konnte an seiner Männlichkeit. »Mit dem möcht, ich schon mal Buschwindröschen pflücken gehen!« dachte sie und fraß den Kerl mit Blicken auf. Der Kerl ignorierte das. Schweigend zahlte er und tippte mit dem Zeigefinger an die modische Schiffermütze.

»Zwei Mark achtzig Trinkjeld für zwee halbe Litaa! Ein Varrückta! Ein Krösus!« stöhnte Otto hinter dem Tresen, obwohl er auch nicht schlecht verdiente, sondern im Gegenteil – und besonders an den harten Getränken. Schweigend verließ der Fremde die Eckkneipe »Glücksquelle«. Quietschend pendelte die Schwingtür ins Schloß.

»Ein geheimnisvoller Mensch!« flüsterte Erni Knabe mit geweiteten Nasenlöchern und schwimmenden Augen. »Eine vagantische Natur!« flüsterte sie.

»Der kann mir mal!« sagte der Invalidenrentner Karl Gutebrecht und kippte erregt seinen Korn hinunter, der Zeiten gedenkend, wo er noch den Doppelsalto drehte, wo er Jonny Calvados hieß und Flieger bei den »Vier Fandangos« war und Speck auf den Rippen nebst einer muskulösen Ausstrahlung hatte. Da konnte er noch auf treulose Aushilfskellnerinnen pfeifen, aber kräftig! Jetzt war er ein spindeldürrer Hänfling mit einem Rückenschaden und hockte jeden zweiten Abend in der »Glücksquelle« – schönes Glück! »Der kann mir mal!« sagte er noch einmal eifersüchtig, worauf Erni Knabe gutmütig »Oller Sufflkopp« brummte und sich vorstellte, wie sie dieser geheimnisvolle Athlet aus Klondike brutal in seine sehnigen Arme riß. Da breitete sich eine unheimlich süße Gänsehaut auf Erni Knabes gesamtem stattlichem Körper aus, und der Invalidenrentner Karl Gutebrecht machte ein beleidigtes Mäusegesicht, und von der Toilette her grölte der magenbitterberauschte Kleindarsteller Egon Krampe: »Wie ein Stern in einer Sommernacht ...«

8. Kapitel

Wo wir sind, ist vorn

Es geht seinen sozialistischen Gang

Zukunftsgewiß geht die **Parteiführung** in die achtziger Jahre. Wer die Zukunft sicher hat, der kann sich auch auf die Vergangenheit besinnen. Die deutsche Geschichte wird differenzierter gewertet. 1980 war das Denkmal Friedrichs II. Unter den Linden wiederaufgestellt worden, sichtbares Zeichen, daß auch Preußen als Teil der eigenen Geschichte begriffen werden sollte. Jetzt naht das Lutherjahr. Es gibt ein **staatliches Festkomitee** unter Vorsitz von Erich Honecker und ein **kirchliches**. 1983 finden auf der renovierten Wartburg die Feierlichkeiten statt. Auch **750 Jahre Berlin** zeichnet sich am Horizont ab und will vorbereitet sein, damit alles schön ist, wenn die Völker der Welt dann wieder auf diese Stadt schauen sollen. 1981 wird die **FDJ-Initiative Berlin** ins Leben gerufen: Bauarbeiter und Baukapazitäten werden in die Hauptstadt beordert; sie fehlen für die dringend nötigen Sanierungsarbeiten in den Bezirks- und Kreisstädten. Allerdings zeigen die findigen Bürger aus Groß-Grobzow, daß man bei kreativer Auslegung der Direktiven – ob es nun um **bauliche oder kulturelle Maßnahmepläne** geht – Erfolge auf der ganzen Linie abrechnen kann, so jedenfalls erzählt es Matthias Biskupek.

Ernst Röhl

In der K. liegt die W.

Vielseitig verwendbar ist sie, unsere Muttersprache. Sie dient den wenigen Leuten, die immer noch so reden, wie ihnen der Schnabel gewachsen ist. Sie dient ebenso den zeitgemäß Weitschweifigen, den Red-Seligen, den Redundanz-Maximalisten. Sie verweigert sich auch den Vertretern der hochmodischen Kurz-Welle nicht, für die der Hausbriefkasten längst zum HBK geworden ist, eine Weltmeisterschaft zur WM, der Marxismus-Leninismus zu ML, die Arbeits- und Lebensbedingungen zu ALB. Zur Gruppe der Sprachökonomisten zählt offenbar auch der Leiter des Halleschen Bahnhofs, der kürzlich auf eine »Eulenspiegel« -Veröffentlichung unter anderem mit den folgenden Sätzen antwortete: »Nach der Fplo 7042 der Rbd Halle (Restarbeiten der UR gem. Betra 75 Rba Halle) fiel der P 8329 Halle (S) Hbf ab 13.00 h aus. Dafür verkehrte KOM 8329 Halle (S) ab 13.05 h. SEV KOM wurde von der Kollg. Stahl überwacht.« Eine Menge Information in wenigen Zeilen. Und man versteht sogar das Wichtigste, nämlich Bahnhof. Wohl dem, der, wie ich, inzwischen einen Sinn für diese Art Alltagspoesie entwickelt hat. In Brandenburg bemerkte ich vor einiger Zeit ein Transparent mit dem Text RUHM UND EHRE DER AK DER DDR! Meine Tochter erhielt neulich eine Eins im Fach ESP/TZ. Mein Nachbar ist angestellt bei der ZWV OGS. Zeitungsannonce: Ökonom des soz. BH sucht neuen Wirkungskreis. In der Handball-Bezirksliga Berlin spielten in der vergangenen Saison: EBT 11, KWO, BVB, Rotation PB, AdW. In der Zeitschrift »Der Hund« ein Artikel, unterzeichnet vom Obmann der ZK RHZ/RKZ des ZV des VKSK. In Finkenheerd, Bezirk Frankfurt, präsentiert ein Betrieb auf einem Firmenschild seinen denkwürdigen Namen: VEB EKM EV Ffo. In einem Wettbewerbsmaterial entdeckte ich das seltene Kürzel BdaQ, was angeblich Betrieb der ausgezeichneten Qualitätsarbeit bedeuten soll. Höchste Zeit, das Kollektiv der sozialistischen Arbeit in KdsA umzubenennen.

Wenn ein Betriebsdirektor eine Steigerung in der ANG meldet, klingt das angenehm nach Produktionserfolg, allerdings nur, wenn man nicht weiß, daß es um Ausschuß, Nacharbeit und Garantieleistungen geht.

Ein Eva-Betrieb ist nicht das, was Männer in den besten Jahren hoffen, sondern leider nur oder doch immerhin ein »Energiewirtschaftlich vorbildlich arbeitender Betrieb«. Seit der Schienenersatzverkehr aus unserem Leben nicht mehr wegzudenken ist, tauchen die schicksalsschwangeren drei Buchstaben SEV immer häufiger auf. Es lohnt sich sowohl in Wort als auch in Schrift: drei Silben statt sechs, drei Schriftzeichen statt einundzwanzig. Und wenn ein Betriebsdirektor eine erhebliche Steigerung in der Position ANG meldet, klingt das höchst angenehm nach Produktionserfolg, allerdings nur, wenn man nicht weiß, daß es um Ausschuß, Nacharbeit und Garantieleistungen geht. Hier, meine ich, dehnt sich ein wF, ein weites Feld, für die noNuMs, die noch optimalere Nutzung unserer Muttersprache: SWG Sozialistische Wartegemeinschaft. HWN – Hamwanich. KGW – Komme gleich wieder. NMSG – Nur mit Sondergenehmigung. KAUDN – Kein Anschluß unter dieser Nummer. WIG – Wegen Inventur geschlossen. Usw. usf.

Peter Ensikat

Bürovolutionär unserer Tage

Motto: Ich versprach, Ihnen einmal dienstlich zu kommen.

Da, wo ich sitze, wächst kein Gras.
Ein Gummibaum steht manchmal in der Ecke.
Ich sitze hier wie unter Glas
in einer Vorschriftsdornenhecke.
Vor meinem Tisch sind alle gleich.
Ich bin ganz unbestechlich.
Ob Mann, ob Frau, ob Kind, ob Greis
für mich sind alle sächlich.

Kommt ein Ausländer in einen Laden, sieht ein Honecker-Bild an der Wand und fragt: »Ihr Geschäftsführer?« »Nein, der Hauptkassierer.«

Im Dienst kenne ich keine Menschen, da kenne ich nur die Sache. Auch die neue Zeit hat ihre Dienstzeiten. Wer nicht stören will, muß warten. Mein Gewissen ist ein blaues Stempelkissen, mein Herz ein vorgedrucktes Formular. Ich lege meine Vorschriften nicht aus. Ich wende nur an.

Rein menschlich bin ich ganz privat.
Das sagen alle, die mich näher kennen.
Ich bin nur dienstlich Bürokrat.
Man muß den Dienst vom Menschen trennen.
Ich kann auf Weisung freundlich sein,
auch hart und unerbittlich.
Ich misch mich selber gar nicht ein,
nur Vorschriften vermittel ich.

Der Sozialismus ist für mich eine Vorschrift wie jede andere. Ich habe ihn nicht gemacht. Ich kenne nur die Durchführungsbestimmungen.

Ich führe nicht, ich führ nur durch:
als Pförtner, Polizist und Hausverwalter.
Wo ich auch sitz, ist meine Burg
denn ich sitz immer hinterm Schalter.
Ich bin laut Vorschrift stets im Recht,
denn ich bin unentbehrlich.
Ich meine es auch niemals schlecht
das meine ich ganz ehrlich.

Meine Vorgesetzten haben nichts von mir zu befürchten. Ich bin pünktlich, sauber und korrekt und habe nichts von einer Karikatur. Aber wenn ich nicht bald gestorben bin, dann diene ich mit allen meinen Vorschriften eine große Sache zugrunde.

Eulenspiegeleien

Endlich hat die Stasi den Mann gefunden, der die politischen Witze über die DDR gemacht hat. Sie bringen ihn zu Honecker. Der fragt entrüstet: »Wieso erzählst du solche diffamierenden Witze, gerade jetzt, wo wir im wirtschaftlichen Aufschwung sind?« Darauf der Mann: »Der Witz war aber nicht von mir.«

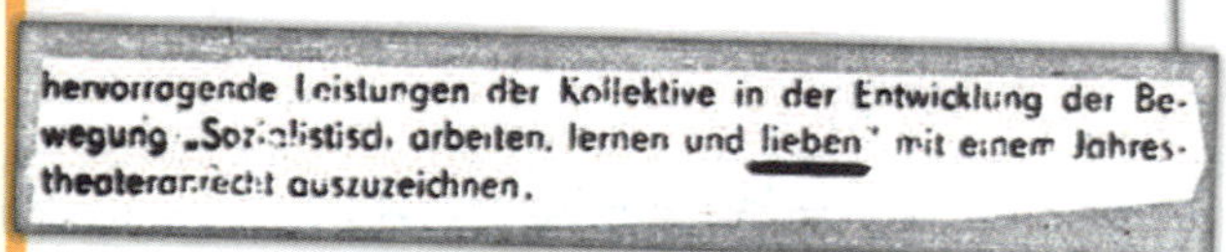
hervorragende Leistungen der Kollektive in der Entwicklung der Bewegung „Sozialistisch arbeiten, lernen und lieben" mit einem Jahrestheateranrecht auszuzeichnen.

Auf dem Parteitag erblickt Honecker im Präsidium ein unbekanntes Gesicht. Aufgeregt winkt er Mielke ran. »Du, da sitzt einer, den kenne ich nicht!«
»Ich auch nicht«, sagt Mielke, »aber Moment, ich kläre das.« Nach einer Weile kommt Mielke zurück: »Ist alles in Ordnung, wir haben es überprüft. Der Mann hat seinen Platz über Genex bezahlt.«

Honecker will mal sehen, wie es im Westen ist. Er verkleidet sich als Oma, geht zum Bahnhof Friedrichstraße, passiert die Paßkontrolle und geht auf den Bahnsteig. Da rempelt ihn eine alte Frau an. »Hey, Honnie. Was machst du denn hier?«
»Psst«, macht Honecker. »Wie haben Sie mich erkannt?«
»Aber Honnie«, sagt die alte Frau, »erkennst du mich nicht? Ich bin doch die Mielke-Oma.«

Matthias Biskupek

Bericht über Vorbereitung und Durchführung der Wallenstein-Feierlichkeiten in Groß-Grobzow

Voriges Jahr wurde uns bekannt, daß der vierhundertfünfzigste Jahrestag des Eintreffens von Feldherr Fürst Wallenstein in Groß-Grobzow in dieses Jahr fällt.
Von der Historiker-Kommission des Kreises, bestehend aus Kollegen Studienrat i. R. Würnow erfuhren wir, daß die damaligen Friedensverhandlungen mit dem Abgesandten der schwedischen Krone, ein herausragendes Ereignis mitten im Dreißigjährigen Krieg, in Groß-Grobzow stattgefunden haben. Die anhaltenden und neuen Ereignisse in der Welt, die auch in Groß-Grobzow begrüßt werden, ließen uns seit langem diesem Jahrestag voller Erwartung entgegensehen.

Unser Hotel Schwedenkrone befindet sich derzeit in der wichtigsten Rekonstruktionsphase seiner Geschichte.

Im Oktober vorigen Jahres erhielten wir einen Maßnahmeplan, worin verankert war, daß das sogenannte Wallenstein-Haus instandzusetzen sei, in welchem die nunmehr als historisch erkannten Verhandlungen zwischen Wallenstein und dem schwedischen Gesandten abliefen.
Bereits im Dezember beauftragten wir die hier ansässige Produktionsgenossenschaft Tomatenfreilandkultur damit, die überkommene Ziegelbausubstanz auf ihre Qualität hin zu untersuchen.
Leider war dies bis März diesen Jahres nicht geschehen. Der Vorsitzende von Tomatenfreilandkultur konnte zweifelsfrei nachweisen, daß in seinem Verantwortungsbereich keine Ziegelbauspezialisten tätig sind.
Im Mai wurde uns mitgeteilt, daß ein Angestellter der schwedischen Botschaft zu den Feierlichkeiten am 12. Juni in Groß-Grobzow eintreffen würde. Ein Mitarbeiter des hauptstädtischen Bereiches wurde uns sogleich zur Verstärkung zugesagt.
Leider traf dieser Mitarbeiter erst am 29. Mai ein. Da wir jedoch objektiv nicht in der Lage waren, ihm eine Unterkunft zur Verfügung zu stellen, mußte er wieder abreisen. Unser Hotel

»Schwedenkrone« befindet sich derzeit in der wichtigsten Rekonstruktionsphase seiner Geschichte.
Durch tatkräftigen persönlichen Einsatz zahlreicher Leitungsorgane Groß-Grobzows gelang es uns, am 3. Juni eine Übernachtungskapazität bis einschl. 12. Juni freizulenken. Durch ständige Nutzung des Telefonnetzes war es uns am 7. Juni möglich, der Hauptstadt die günstige Lage mitzuteilen, worauf der zugesagte Mitarbeiter am 9. Juni, Reichsbahnverbesserungsarbeiten berücksichtigend, eintreffen wollte. Am 10. Juni wurde seine Ankunft realisiert.
Noch am selben Tage ermöglichten wir dem Mitarbeiter, nachdem er uns die Grüße der Zentrale entboten hatte, wofür wir dankten, eine erste Standortbegehung, in deren Verlauf er eine Neufarbgebung des Wallenstein-Hauses empfahl. Wir wandelten unverzüglich die Empfehlung in einen selbständigen Beschluß des Vorbereitungskomitees um und machten uns an die Arbeit, geeignete Bürger zur Mitarbeit heranzuziehen.

Im Verlauf des Vormittags des 11. Juni gelang es uns, den Bürger Würnow junior von der Tätigkeit in der Produktionsgenossenschaft Tomatenfreilandkultur zeitweilig zu entbinden.
Würnow junior überzeugte seinen Kollegen Warzow, der voriges Jahr unter das Amnestiegesetz gefallen war, zum kollektiven Mittun. Schließlich wurde auch Kollege Querichow unter Bereitstellung einer zweckgebundenen Getränkemenge Wermut in die allumfassenden Erneuerungsarbeiten am Wallenstein-Haus einbezogen.
Würnow junior, Warzow und Querichow konnten leider die vorgegebene Neufarbgebung nicht vollinhaltlich realisieren, da unsere Farbkapazität derzeit bis ins vierte Quartal ausgelastet ist.
Mit Hilfe von ortseigenem, unbürokratisch bereitgestelltem Wasser und mehreren individuell realisierten Feudeln gelang es jedoch, das Wallenstein-Haus in einen zeittypischen und feuchtfrischen Zustand zu versetzen.
Die im Verlauf der demokratischen Bodenreform sowie der begeistert begrüßten sozialistischen Land-Umgestaltung dem

Wallenstein-Haus entnommenen Fensterverkleidungen, Türfüllungen, Querstreben und Deckenbalken bewirkten allerdings als eine Spätfolge überkommener, noch nicht voll überwundener feudaler Verhältnisse, daß das Wallenstein-Haus in seinem nunmehrigen feuchtfrischen Zustande die gegenwärtige Bauform geringfügig änderte.

Statt bislang in dreidimensionalen, erhebt es sich jetzt in einem eher zweidimensionalen, dafür sehr bodennahen Zustand.

Erfreut nahmen wir diese Anpassung ans norddeutsche Flachland zur Kenntnis. Das landschaftstypische Bauen wurde sogleich in die realisierten Erfolge eingearbeitet.

Der hauptstädtische Mitarbeiter, ohne dessen Mitwirkung wir das Wallenstein-Haus-Problem nicht so umfassend gelöst hätten, benachrichtigte alsbald seinen hauptstädtischen Bereich von den wirklich umwälzenden Veränderungen in Groß-Grobzow.

Wir bekamen dokumentiert, wie mit großzügig geförderter Leitungstätigkeit unserem historisch gewachsenen Wallenstein-Verständnis immer besser gerecht geworden wird.

Flexibel wurde daraufhin das Euphorosinen-Palais in der Hauptstadt feierlich zum Wallenstein-Haus erklärt. In Anwesenheit des schwedisehen Botschafters wurde dort eine kunstmarmorgeschmiedete Tafel enthüllt, die Groß-Grobzows Rolle im Dreißigjährigen Krieg würdigt.

Bei der feierlichen Fernsehausstrahlung am Abend des 12. Juni direkt aus dem hauptstädtischen Euphorosinen-Palais konnten auch wir Groß-Grobzower uns davon überzeugen, wie unsere Mitarbeit und unsere Bedürfnisse immer besser verwirklicht werden. Deutlich bekamen wir dokumentiert, wie mit großzügig geförderter Leitungstätigkeit unserem historisch gewachsenen Wallenstein-Verständnis immer besser gerecht geworden wird.

Wir Groß-Grobzower sind stolz auf das Erreichte.

Die diesjährigen Wallenstein-Feierlichkeiten haben daher bei uns den Wunsch aufleben lassen, alljährlich diese schöne Tradition wiederaufleben zu lassen.

Somit bekennen wir uns dazu, daß unter der Führung unserer gegenwärtigen Erfolge Feldherr Fürst Wallenstein bereits vor vierhundertfünfzig Jahren seine umfassenden und anhaltenden Ergebnisse auch in Groß-Grobzow zugrunde legen konnte.

Jochen Petersdorf

Problem gelöst

»Du, Hannes?« – »Ja, Heinrich?« – »Hast du das gestern in der Zeitung gelesen?« – »Nein.« – »Du weißt doch gar nicht, was ich meine.« – »Ach so. Ja, was meinste denn?« – »Na, den Artikel.« – »Ach so, ja, den habe ich gelesen.« – »Mensch, du weißt doch gar nicht, welchen Artikel ich meine.« – »Haste auch wieder recht. Also, welchen Artikel meinste denn?« – »Na den, wo sie schreiben, daß immer noch zuviel Wohnraum zweckentfremdet wird für Büros oder Lagerräume oder ähnliche Scherze.« – »Auch in unserer Stadt?« – »Aber genau!« – »Dagegen müßte man was unternehmen!« – »Jawoll! Wir gründen eine Kommission, die sich mit der Zweckentfremdung befaßt.« – »Da mach ich mit.« – »Ich auch.« – »Brauchen wir aber ein Büro.« – »Der alte Lehmann ist doch gestorben.« – »Stimmt! – Da sind wir ja arbeitsfähig. Auf ins Büro!!«

Wolfgang Schaller

Nachwuchssorgen

Täglich hineingeboren
in aufgestoßne Türen,
laß wie bei einer Führung
ich mich getreulich führen.
Gefeuert sind die Öfen,
verstopft ist jeder Spalt
an den undichten Fenstern.
Und trotzdem ist mir kalt.

Gemacht sind schon die Betten
für meinen Zukunftstraum.
Ich stoß mich, statt zu schlafen,
im abgeschrittnen Raum.
Mir kommen nachts die Fragen
und Ängste in den Sinn.
Dann möcht ich vor mir fliehen
und weiß doch nicht wohin.

Verstrickt längst in den Netzen
aus Regen und aus Normen,
laß ich nach andrem Bilde
mein eignes Bild verformen.
Die Lenker stehn Parade
an meinem Weg und lenken
wie Unteroffiziere
kommandotreu mein Denken.

Ich sing im Gleichschritt Lieder,
singt sie ein andrer vor.
Bei mir klingt jedes Solo,
als sänge ich im Chor.
Als Mündiger ein Mündel
und ohne Vormund nie,
will ich erwachsen werden.
Und Vater Staat weiß wie.

Lehrer Meier erteilt beim Zoll Nachhilfeunterricht in Mathematik. Nach ein paar Wochen fragen ihn seine Kollegen: »Und, wie ist es? Kommst du zurecht?« »Es ist zum Verrücktwerden«, erklärt Meier, »das einzige, was sie kapieren, ist Wegnehmen und Teilen.«

Ernst Röhl

Über unsere Erfolge

So wie unsere Züge immer zugiger werden, werden unsere Wagen immer gewagter. Hatten wir vor Jahren noch einen Trabant, so verbesserten wir unseren Lebensstandard immer mehr – über Wartburg, Lada, Golf bis hin zum Wolga – pardon, Volvo! – und zum Citroën.

Allerdings benötigen wir auch von Jahr zu Jahr größere Wagen; denn unsere Pfunde werden immer pfundiger. Da leider die Parkplätze immer seltener und die seltenen Parkplätze immer voller werden, wird für meine Gattin und für mich das Aussteigen ein immer größeres, immer weniger lösbares Problem.

Dieses kleine Beispiel beweist, daß unser Leben immer optimaler verläuft. Unsere Mark wird immer markiger. Aber auch unsere Lausitz kann sich sehen lassen.

Unsere Natur wird immer natürlicher.

Unsere Kunst wird immer künstlicher.

Unsere Sportler werden immer sportlicher. Die Spitze in unserem Sport wird immer breiter, die Breite in unserem Sport wird immer spitzer. Unsere Goldmedaillen werden immer goldener. Unsere Theorie wird immer theoretischer. Unsere Praxis wird immer praktischer. Unsere offenen Worte immer offener.

Wir sind nicht nur selbst zufrieden, nein, wir selbst werden immer zufriedener. Denn wenn wir nicht immer mehr selbst zufrieden sind – wer dann?

Wir werden immer kritischer. Und: Wir werden immer selbstkritischer. Wir können immer stolz auf uns sein.

Was wären wir ohne uns.

Zeittafel

1981

Brigitte Reimann

15. Januar DEFA-Filmpremiere »Unser kurzes Leben« nach dem Roman »Franziska Linkerhand« von Brigitte Reimann.

30. Januar-1. Februar Bernhard Germeshausen/ Hans-Jürgen Gerhardt werden Weltmeister im Zweierbob in Cortina d'Ampezzo (Italien).

7.-8. Februar Am gleichen Ort erringt der Viererbob DDR I (Germeshausen, Gerlach, Trübner, Gerhardt) den Weltmeister-Titel.

21.-22. Februar In Grenoble (Frankreich) wird Karin Enke Sprint-Weltmeisterin im Eisschnellauf.

23. Februar-2. März Auf dem 26. Parteitag der KPdSU wird wiederum Leonid Breshnew gewählt. Im Anschluß findet ein sowjetisch-polnisches Gipfeltreffen statt.

Impressionismus ist, wenn ein Maler malt, was er sieht. Expressionismus ist, wenn ein Maler malt, was er empfindet. Sozialistischer Realismus ist, wenn ein Maler malt, was er hört.

Ein Delegierter von der Tschuktschenhalbinsel kommt zur Parteihochschule in Moskau und wird auf seine Vorkenntnisse geprüft. »Bitte Genosse, sage uns, wer war Karl Marx, wer Friedrich Engels?« Achselzucken. »Kannst du uns sagen, wer Lenin war? Oder Stalin?« Schweigen. Der Vorsitzende der Prüfungskommission ruft den Parteisekretär des Autonomen Gebietes der Tschuktschen an: »Sag mal, wen habt ihr uns da geschickt? Der kennt ja nicht mal Lenin und Stalin!« – »Na, warum regst du dich auf! Ihr in Moskau habt eure Bekannten, wir haben unsere.«

11. März Im Pariser Museum für moderne Kunst wird die Ausstellung »Malerei und Grafik in der DDR« eröffnet.

13. März Eröffnung des Interhotels »Merkur« in Leipzig.

14. März Eröffnung des Albert-Einstein-Museums in Caputh bei Potsdam.

15. März In Berlin wird das Sport- und Erholungszentrum (SEZ) eröffnet.

19. März In Moskau wird das Handelsabkommen über 5 Jahre unterzeichnet, das die Erdöllieferungen in die DDR regelt. Im selben Jahr kommt es zu Kürzungen der Lieferungen, so daß die DDR das Erdöl teuer auf dem Weltmarkt einkaufen muß, um ihren Exportverpflichtungen in den Westen nachzukommen.

Mikis Theodorakis

26. März Der »Canto General« von Mikis Theodorakis nach Pablo Neruda wird in der DDR uraufgeführt.

3. April DEFA-Kinderfilmpremiere »Als Unku Edes Freundin war« nach dem Kinderbuch von Alex Wedding.

11.-16. April — Der X. Parteitag der SED findet im Palast der Republik statt. Günter Schabowski wird Kandidat des Politbüros.

Das Beste zum X. Parteitag – der Rest zum Wohle des Volkes.

29. April — Anläßlich des 200. Geburtstages von Karl Friedrich Schinkel werden die zur Schloßbrücke (Marx-Engels-Brücke) gehörenden Skulpturen aus Westberlin nach Ostberlin überführt und wieder aufgestellt.

2.-3. Mai — Maxi Gnauck wird vierfache Europameisterin im Turnen (Vierkampf, Stufenbarren, Schwebebalken, Boden) in Madrid.

21. Mai — Gründung des Ernst-Busch-Archives der Akademie der Künste der DDR als Gedenk- und Lehrstätte im ehemaligen Wohnhaus des Arbeitersängers und Schauspielers.

Ernst Busch

8.-21. Mai — Olaf Ludwig gewinnt bei der Friedensfahrt fünf Etappen und das violette, weiße und rosa Trikot.

26.-31. Mai — Erich Honecker auf Staatsbesuch in Japan. Die Lieferung von 10000 PKW Typ Mazda wird beschlossen.

Das Feinmechanik-Kombinat hat einen Draht entwickelt, der so dünn ist, daß er mit den DDR-eigenen Meßgeräten nicht gemessen werden kann. Daraufhin sendet der Kombinatsleiter den Draht zum Nachmessen nach Japan. Nach einiger Zeit kommt das Päckchen zurück. Stolz öffnet der Kombinatsleiter das Päckchen vor den Augen des Zentralkomitees. In dem Päckchen liegen die Tüte mit dem Draht und ein Brief aus Japan: »Liebe Kollegen, leider ist uns der Brief zu Ihrem Päckchen abhanden gekommen. Somit wußten wir nicht mehr, was wir mit der Lieferung anfangen sollten. Wir haben Ihnen deshalb als Service ein Außen- und Innengewinde am Draht angebracht!«

29. Mai — Anordnung des Ministeriums für Volksbildung über den Wehrkundeunterricht an den Erweiterten Oberschulen in den Klassen 11 und 12.

2.-5. Juni — Beim XI. Parlament der FDJ wird Egon Krenz zum 1. Sekretär des Zentralrates gewählt.

11. Juni — Festlegung über Ausbildungshilfen für Schüler der Erweiterten Oberschule, ab der 11. Klasse 110 Mark, ab der 12. Klasse 150 Mark. Lehrlinge erhalten zwischen 105 und 220 Mark. Das Grundstipendium für Direktstudenten wird auf einheitlich 200 Mark monatlich erhöht.

12. Juni — DEFA-Filmpremiere »Sing, Cowboy, sing«. Buch, Regie und Hauptdarsteller: Dean Reed.

14. Juni — Bei den Wahlen zur DDR-Volkskammer stimmen 99,86 % der Wähler für die Kandidaten der »Nationalen Front«. Erst-

»Was ist vollendeter Sozialismus?« – »Wenn der Parteisekretär den Pfarrer fragt, ob er ihn am Sonntag trauen kann, der jedoch antwortet: ›Am Sonntag hab ich keine Zeit, da muß ich zur Kampfgruppenübung.‹«

	malig werden die Berliner Volkskammerabgeordneten direkt gewählt, wogegen die Westmächte Protest erheben.
20. Juni	Das ehemalige Salzbergwerk Morsleben wird zur zentralen Endlagerstätte für radioaktive Abfälle bestimmt.
20.-21. Juni	In Weitra (Österreich) wird Jens Scheffler Europameister im Motorradgeländesport.
26. Juni	Das letzte Todesurteil der DDR wird vollstreckt: MfS-Hauptmann Werner Teske wird wegen Verrats hingerichtet.
8. Juli	Käthe-Kollwitz-Preis für die Kinderbuchautorin und Illustratorin Elizabeth Shaw.
13. August	Anläßlich des 20. Jahrestages des Mauerbaus kritisiert DDR-Staats- und Parteichef Erich Honecker Reagans Entscheidung für den Bau der Neutronenbombe.

Elizabeth Shaw

Bei Müllers klingelt es an der Wohnungstür. Herr Müller öffnet. Ein Dame von der Wohnparteigruppe steht vor der Tür. »Herr Müller, wie stehen Sie zur Neutronenbombe?« – »Oh«, sagt Herr Müller, »da muß ich erst meine Frau fragen.« Er kommt zurück: »Ist gut, wir nehmen eine.«

15.-16. August	In Zagreb gewinnen die DDR-Leichtathleten beide Europapokale.
20. August	In einem gemeinsamen Appell von 150 europäischen Autoren, unter anderem Heinrich Böll, Lew Kopelew und Anna Seghers, werden ein Ende des Wettrüstens und der Baustop für die Neutronenbombe gefordert.
23. August	Der Schauspieler und Komiker Rolf Herricht stirbt im Alter von 53 Jahren während einer Aufführung von »Kiss Me, Kate« auf der Bühne des Berliner Metropoltheaters.
26.-29. August	Falk Boden, Bernd Drogan, Mario Kummer und Olaf Ludwig erkämpfen in Prag den Weltmeister-Titel im 100-km-Straßenfahren.
17. September	DEFA-Filmpremiere »Bürgschaft für ein Jahr« mit Katrin Saß.
15.-20. September	Internationales Schlagerfestival in Dresden.
24.-25. September	Kulturkonferenz der Nationalen Volksarmee in Berlin unter dem Motto: »Mit sozialistischer Kultur und Kunst für hohe Gefechtsbereitschaft.«
1. Oktober	Der frühere Referent des Bundeskanzlers Willy Brandt, Günter Guillaume, der 1975 wegen DDR-Spionage zu dreizehn Jahren Freiheitsstrafe verurteilt worden war, wird im Zuge eines Agentenaustausches in die DDR entlassen.
6. Oktober	Eröffnung der Probebühne der ersten freien Theatergruppe (»Zinnober«) in einem Laden in Berlin-Prenzlauer Berg.

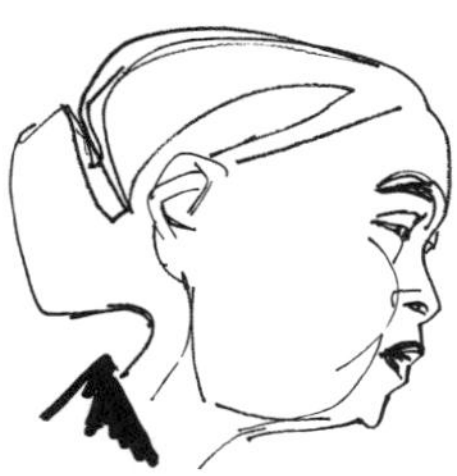

Anna Seghers

8. Oktober DEFA-Filmpremiere »Darf ich Petruschka zu dir sagen?«

8. Oktober Feierliche Einweihung des neuen Gewandhauses in Leipzig. Unter Leitung von Dirigent Kurt Masur spielt das Gewandhausorchester.

29. Oktober Erhöhung des Kindergeldes für das dritte und jedes weitere Kind auf 100 Mark monatlich.

20. November Im Süden Berlins wird der Teltowkanal nach 36 Jahren für den zivilen Güterschiffverkehr von und nach West-Berlin wiedereröffnet.

11.-13. Dezember Innerdeutsches Gipfeltreffen zwischen Honecker und Bundeskanzler Schmidt am Werbellin- und am Döllnsee.

13. Dezember Auf Einladung von Stephan Hermlin kommen rund 100 namhafte Künstler und Wissenschaftler aus ganz Europa nach Berlin, um gegen die geplante Aufstellung amerikanischer Pershing-Raketen zu protestieren.

13. Dezember In Polen wird das Kriegsrecht verhängt.

18. Dezember In Moskau verleiht Erich Honecker Breshnew zu dessen 75. Geburtstag den Ehrentitel »Held der Deutschen Demokratischen Republik«.

21. Dezember Wirtschaftsgespräche zwischen Berthold Beitz (Krupp) und Erich Honecker und Günter Mittag.

Ein klapperdürrer polnischer Schäferhund und ein vollgefressener DDR-Mops treffen sich auf der Brücke der Freundschaft in Frankfurt/Oder. »Wo willst du hin?« fragt der Dicke. Der andere antwortet: »In die DDR. Mal wieder richtig was fressen! Und was willst du in Polen?« – »Mal wieder richtig bellen.«

Oberliga-Plazierung 1981

1. FC Dynamo Berlin
2. FC Carl Zeiss Jena
3. 1. FC Magdeburg
4. SG Dynamo Dresden
5. FC Vorwärts Frankfurt
6. 1. FC Lokomotive Leipzig
7. FC Rot-Weiß Erfurt
8. FC Chemie Halle
9. FC Karl-Marx-Stadt
10. Hansa Rostock
11. BSG Sachsenring Zwickau
12. BSG Wismut Aue
13. BSG Stahl Riesa
14. BSG Chemie Böhlen

1981 verlassen 15 433 DDR-Bürger das Land.

Sportler des Jahres:

Ute Geweniger (Schwimmen)

Lothar Thoms (Bahnradsport)

Männermannschaft Handball des SC Magdeburg

Torschützenkönig der Oberliga:

Joachim Streich vom 1. FC Magdeburg mit 20 Treffern

Fernsehlieblinge:

Helga Hahnemann
Helga Göring
Herbert Köfer
Dieter Mann
Klaus Feldmann
Heinz Florian Oertel
O. F. Weidling
Frank Schöbel
Petra Kusch-Lück

neue Bücher:

Franz Fühmann
»Saiäns-Fiktschen«

Hermann Kant
»Der dritte Nagel«

Rosemarie Zeplin
»Schattenriß eines Liebhabers«

Erik Neutsch
»Forster in Paris«

Erwin Strittmatter
»Selbstermunterungen«

große Hits:

»He John«
Puhdys

»Der blaue Planet«
Karat

»Der Eine und der Andere«
Stern Combo Meißen

»Das einzige Leben«
Karussell

»Hallo Mary Lou«
Prinzip

»Frau am Fenster«
Gaby Rückert

1982

6. Januar	Manfred Decker wird Sieger der 30. Internationalen Vierschanzentournee (BRD/Österreich).
8.-10. Januar	Fünfzehn führende Rock-Gruppen der DDR spielen »Rock für den Frieden« im Palast der Republik.

Was ist der Unterschied zwischen der Sonne und einem DDR-Rockmusiker? – Es gibt keinen. Im Osten gehn sie auf, und im Westen gehn sie unter.

21. Januar	DEFA-Filmpremiere »Romanze mit Amélie« nach Benito Wogatzki.
25. Januar	Auf Initiative des Pfarrers Rainer Eppelmann wird der »Berliner Appell – Frieden schaffen ohne Waffen« verfaßt.
30. Januar	Erstaufführung von Brechts »Trommeln in der Nacht« in Schwerin, Regie: Christoph Schroth.
2.-7. Februar	Sabine Baeß und Tassilo Thierbach werden Europameister im Paarlauf bei den EM im Eiskunstlauf in Lyon.
11. Februar	Das Innenministerium teilt mit, daß der Katalog »Dringende Familienangelegenheiten«, der auch DDR-Bürgern außerhalb des Rentenalters Reisen in den Westen erlaubt, erweitert wird.

Anfrage an den Sender Jerewan: Wird es Krieg geben? Antwort: Im Prinzip nein, aber der Kampf um den Frieden wird solche Ausmaße annehmen, daß kein Stein mehr auf dem anderen bleibt.

Eines Tages klingelt bei Erich Honecker das Telefon. Seine alte Mutter ist dran: »Na mein Erich, was machst du denn jetzt – bist du noch Dachdecker?« – «Nein«, antwortet Erich. »Ich bin jetzt Staatsratsvorsitzender.« Seine Mutter fragt: »Staatsratsvorsitzender? Was ist denn das?« Erich sucht nach Worten: »Ach Mutti, das ist, äh ... na so etwas wie ein Kaiser.« Die Mutti ganz entzückt: »Kaiser, das ist ja wunderschön! Wo bist du denn Kaiser?« Erich, stolz: »In der DDR!« Darauf die Mutter entsetzt: »In der DDR? Da paß aber auf, daß dir die Kommunisten nicht alles wegnehmen!«

13.-14. Februar	Karin Enke gewinnt in Inzell den Weltmeister-Titel im Eisschnellauf (Großer Vierkampf) mit Weltrekord.
14. Februar	In der Kreuzkirche in Dresden findet mit etwa 5000 meist jugendlichen Teilnehmern aus den Reihen der christlichen Friedensbewegung ein Friedensforum statt.
27. Februar	DDR-Erstaufführung von Brechts »Baal« in Erfurt, Regie: Friedo Solter.
7. März	Der Regisseur Konrad Wolf stirbt.
9./10. März	Der Vorsitzende des Exekutivkomitees der PLO, Yassir Arafat, wird in Ost-Berlin mit den protokollarischen Ehren

Konrad Wolf

	eines Staatsoberhauptes empfangen. Die Vertretung der PLO in der DDR wird zur Botschaft aufgewertet.
17./18. März	Anläßlich der Leipziger Messe finden Gespräche zwischen Bundeswirtschaftsminister Otto Graf Lambsdorff und dem Leiter der DDR-Wirtschaftskommission Günter Mittag statt.

Günter Mittag

Der Saporoshez hat auf der Messe gleich zwei Preise bekommen. – Oh, wie denn das? – Als formschönster Traktor und leisester Panzer.

18. März	DEFA-Filmpremiere »Die Gerechten von Kummerow«.
18. März	In Ost-Berlin treffen erstmals Abgeordnete der Volkskammer und des Bundestages zusammen.
18.-27. März	Bei der Weltmeisterschaft in Klagenfurt (Österreich) gewinnt die Eishockey-Nationalmannschaft das B-Gruppen-Turnier.
22. März	Offizieller Festakt zu Goethes 150. Todestag in Weimar.
25. März	Neues Wehrdienstgesetz, das das Wehrpflichtgesetz von 1962 ablöst, außerdem gibt es ein neues Grenzgesetz.
29. März	Der polnische Partei- und Regierungschef Jaruzelski trifft zu einem Besuch in der DDR ein.

Die Stadt Weimar plant ein Goethe-Denkmal. Es wird ein Wettbewerb ausgeschrieben, an dem sich alle Künstler des Landes beteiligen. Gewonnen hat der Entwurf »Honecker liest Goethe«.

»Der Papst kommt nach Leipzig«, meldet die Presse. »Na endlich, dann ist auch der letzte Pole in der DDR gewesen.«

9. April	Der DDR-Dissident Robert Havemann stirbt im Alter von 72 Jahren.
11. April	Die evangelische Kirche kritisiert das staatliche Vorgehen gegen das Friedenssymbol »Schwerter zu Pflugscharen«.
21. April	DEFA-Filmpremiere »Märkische Forschungen« nach Günter de Bruyn, mit Hermann Beyer, Kurt Böwe, Jutta Wachowiak.
29. April	Weltpremiere der 3. Sinfonie von Mikis Theodorakis in der Komischen Oper in Berlin.

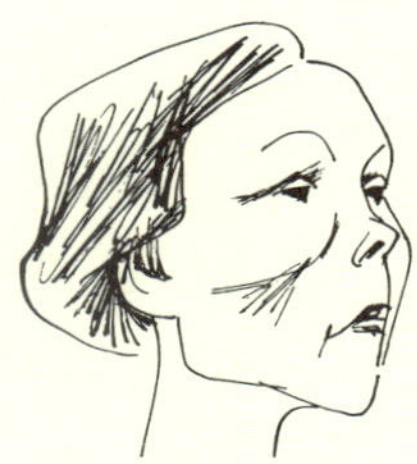

Jutta Wachowiak

1. Mai. Tausende Menschen ziehen mit Fahnen und Transparenten an der Tribüne des Politbüros vorüber. Günter Mittag weist Honecker auf eine besonders originelle Losung hin. Da heißt es: »Unsere Fischprodukte sind ein Beitrag zur Bekämpfung des Imperialismus!« Honecker nickt Mittag zustimmend zu und flüstert: »Aber wie, Günter, bringen wir die Imperialisten dazu, dieses Zeug zu fressen?«

Honecker liegt im DDR-Regierungskrankenhaus, um sein Bett ist das ganze Politbüro versammelt. »Ist Staatssicherheitsminister Mielke hier, ist Verteidigungsminister Kessler anwesend?« fragt er mit schwacher Stimme, »sind alle hier?« – »Jawohl«, kommt es im Chor. Da richtet sich Honecker auf und fragt: »Und wer paßt inzwischen auf das Volk auf?«

19.-21. Mai	Freundschaftsbesuch einer Partei- und Staatsdelegation der Demokratischen Republik Afghanistan unter Leitung von Babrak Karmal.
24. Mai	Hans-Otto Bräutigam wird neuer Ständiger Vertreter Bonns in der DDR und löst Klaus Bölling ab.
27. Mai	Großkundgebung zum »Pfingsttreffen der Jugend« unter dem Motto: »Frieden schaffen gegen NATO-Waffen!«
14. Juni	Das 23stöckige Hochhaus der Charité wird eingeweiht und an die Humboldt-Universität übergeben. Die alten Gebäude des Krankenhauses werden renoviert.
18. Juni	Zwischen der DDR und der Bundesrepublik Deutschland wird vereinbart, den zinslosen Überziehungskredit (Swing) der DDR bis 1985 schrittweise von 850 Millionen auf 600 Millionen Verrechnungseinheiten zu reduzieren.

Reagan, Breshnew und Honecker fragen den lieben Gott, was im Jahr 2000 sein wird. Zu Reagan sagt der liebe Gott: »Im Jahre 2000 werden die USA kommunistisch sein.« Da wendet sich Reagan ab und weint ganz bitterlich. »Und was wird mit der Sowjetunion?« fragt Breshnew. »Die Sowjetunion«, sagt der liebe Gott wird aufgesogen vom Großchinesischen Reich.« Da wendet sich Breshnew ab und weint ganz bitterlich. »Und wo steht die DDR im Jahre 2000?« fragt Honecker. Da wendet sich der liebe Gott ab und weint ganz bitterlich.

13. Juli	DEFA-Kinderfilmpremiere »Der lange Ritt zur Schule«.
15. Juli	Die sowjetischen Streitkräfte in der DDR stationieren erste Kurzstreckenraketen »SS 21«.
4. September	Weltmeister-Titel für Bernd Drogan im Straßenradsport der Amateure in Goodwood (England).
13. September	Erster Spatenstich am DDR-Bauabschnitt der im Februar als Zentrales FDJ-Jugendobjekt übergebenen Erdgastrasse in der Ukraine.
26. September	DEFA-Filmpremiere »Sonjas Rapport« nach dem Erfolgsbuch von Ruth Werner.
1. Oktober	Nach dem Mißtrauensvotum gegen Bundeskanzler Helmut Schmidt wird Helmut Kohl Kanzler der Bundesrepublik.
2. Oktober	Eröffnung der IX. Kunstausstellung in Dresden.
6. Oktober	Nationalpreis für die Puhdys.
6. Oktober	Das Pergamon-Museum bekommt einen neuen, repräsentativen Eingang.

Ruth Werner

Japanische Geschäftsleute auf DDR-Besuch. Auf die Frage, was Sie am meisten beeindruckt habe, antworten sie: »Uns haben am besten ihre drei schönen Museen gefallen – Pergamon, Pentacon und Robotron.«

27. Oktober — Der Schauspieler Herwart Grosse stirbt mit 74 Jahren.

10. November — Der sowjetische Staats- und Parteichef Leonid I. Breshnew stirbt in Moskau. Nachfolger wird Juri Andropow. Am Rande der Trauerfeierlichkeiten in Moskau treffen sich Bundespräsident Karl Carstens und Erich Honecker.

20. November — Freigabe der 265 km langen neuen Autobahn zwischen Berlin und Hamburg.

> Was bedeuten die Verkehrsschilder 80, 60, 30?
> Auf einen Kilometer 80 Schlaglöcher, 60 cm breit, 30 cm tief.

3. Dezember — Gesetz über den Volkswirtschaftsplan 1983: der Ausbau der Braunkohlenutzung wird beschlossen.

14. Dezember — Weltrekord über 5000 m im Eisschnellauf durch Karin Kania in Karl-Marx-Stadt.

15. Dezember — Der neue Fernbahnhof Berlin-Lichtenberg wird eröffnet.

20.-22. Dezember — Teilnahme einer DDR-Delegation unter Leitung von Erich Honecker an den Feierlichkeiten zum 60. Gründungstag der Sowjetunion in Moskau.

> Honecker fährt nach seinem Staatsbesuch bei Breshnew zum Flugplatz. Plötzlich läßt er den Konvoi anhalten, steigt aus, geht auf den Acker, sammelt ein paar Steine auf, steigt wieder ein und läßt weiterfahren. Nach wenigen hundert Metern dasselbe Spiel – anhalten, aussteigen, Steine einsammeln, einsteigen, weiterfahren. Dem Eskortenführer wird die Sache langsam unheimlich. Als Honecker erneut halten läßt, wird es ihm zu bunt. Er meldet die Sache über Funk seiner Zentrale. Zwei Minuten später bekommt er von dort den Befehl, den Konvoi sofort umkehren zu lassen. »Warum?« fragt er verblüfft. Antwort der Zentrale: »Honecker wurde versehentlich das Programm für LUNOCHOD eingelegt.«

Oberliga-Plazierung 1982

1. FC Dynamo Berlin
2. SG Dynamo Dresden
3. 1. FC Lokomotive Leipzig
4. FC Vorwärts Frankfurt
5. FC Carl Zeiss Jena
6. 1. FC Magdeburg
7. FC Rot-Weiß Erfurt
8. FC Hansa Rostock
9. FC Karl-Marx-Stadt
10. BSG Wismut Aue
11. FC Chemie Halle
12. BSG Sachsenring Zwickau
13. FC Energie Cottbus
14. BSG Chemie Buna Schkopau

1982 verlassen 13 203 DDR-Bürger das Land.

Sportler des Jahres:

Marita Koch (Leichtathletik)

Bernd Drogan (Radsport)

Friedensfahrtmannschaft

Torschützenkönig der Oberliga:

Rüdiger Schnuphase vom FC Carl Zeiss Jena mit 19 Treffern

Fernsehlieblinge:

Horst Drinda
Helga Göring
Heinz Rennhack
Agnes Kraus
Klaus Feldmann
Petra Kusch-Lück
Herbert Köfer
Frank Schöbel
Heinz Florian Oertel
Helga Hahnemann

neue Bücher:

Jurij Brezan »Bild des Vaters«

Christoph Hein »Der fremde Freund«

Christine Wolter »Die Alleinseglerin«

Claus Hammel »Die Preußen kommen«

Erwin Strittmatter »Wahre Geschichten aller Ard(t)«

große Hits:

»Außenseiter« Puhdys

»Jede Stunde« Karat

»Glaube an dich« Berluc

»Leben möcht ich« Stern Combo Meißen

»Keiner will sterben« Karussell

»Werkstattsong« Pankow

Nachweise

Die Karikaturen stammen von:
Heinz Behling: 23, 60, 68, 84, 104 l.
Manfred Bofinger: 29, 31, 46, 65, 95, 108, 115, 119
Henry Büttner: 45
Peter Dittrich: 12, 33, 51, 104 l.
Barbara Henniger: 13, 34, 37, 39, 47, 53, 63, 74, 117
Heinz Jankofsky: 90, 94 r., 97, 98
Harald Kretzschmar: 120, 121, 122, 124, 125, 126,
Harri Parschau: 8, 17, 77, 88, 93, 111
Louis Rauwolf: 54, 56, 76, 113
Horst Schrade: 86, 57, 59, 73, 101
Karl Schrader: 15, 44, 94 r.
Fotos:
DEFA-Siftung: 18, 19
junge Welt, Horn: 11, 20
Klaus Winkler: 41, 71
Manfred Uhlenhut: 79
Archiv Preil: 80, 81
Für die freundliche Genehmigung zum Abdruck danken wir den Autoren, Zeichnern und Erben. Nicht in allen Fällen ist es uns gelungen, Rechteinhaber und Rechtsnachfolger zu ermitteln. Berechtigte Honoraransprüche bleiben gewahrt.

ISBN 978-3-359-02231-2

Umschlaggestaltung: Buchgut, Berlin, unter Verwendung eines Motivs von picture alliance/akg-images
Druck und Bindung: Salzland Druck, Staßfurt

Ein Verlagsverzeichnis schicken wir Ihnen gern:
Eulenspiegel · Das Neue Berlin Verlagsgesellschaft mbH & Co. KG
Neue Grünstr. 18, 10179 Berlin
Tel. 01805/30 99 99
(0,14 Euro/min. aus dem deutschen Festnetz,
abweichende Preise für Mobilfunkteilnehmer)

Die Bücher des Eulenspiegel Verlags
erscheinen in der Eulenspiegel Verlagsgruppe.

www.eulenspiegel-verlag.de